最後の晩ごはん

刑事さんとハンバーグ

椹野道流

角川文庫
19316

最後の晩ごはん

刑事さんとハンバーグ

イラスト／緒川千世

登場人物

五十嵐《いがらし》海里《かいり》

元イケメン俳優。
情報番組の料理コーナーを担当していたが……。

夏神《なつがみ》留二《りゅうじ》

定食屋「ばんめし屋」店長。
ワイルドな風貌。料理の腕は一流。

淡海《おうみ》五朗《ごろう》
小説家。高級住宅街のお屋敷に住んでいる。
「ばんめし屋」の上顧客。

五十嵐《いがらし》一憲《かずのり》
海里の兄。公認会計士。
自他に厳しく、父なき後の五十嵐家を支えてきた。

ロイド
眼鏡の付喪神。海里を主と慕う。
人間に変身することができる。

仁木《にき》涼彦《すずひこ》
刑事。一憲の高校時代の親友。
「ばんめし屋」の隣にある警察署に勤務。

プロローグ

『今、自宅にいるんですけど……ひっきりなしに電話がかかってくるんです。それで、カーテンの隙間から見たら、うちのアパートの前に立ってるんです。スマホを持って、私の部屋を見上げてるんです。もう、二時間以上、ずっと』

震える声で女性が電話をかけてきた瞬間、仁木涼彦《にきすずひこ》は、みぞおちがカッと熱くなるのを感じた。

スピーカー越しに同じ話を聞いていた部下が、「あー」と緊張感のない、それでも心配そうな声を出す。

「しばらくは大人しくしとったのになあ。やっぱアカンか。こら、ちょっと行ったほうがいい案件っぽいですねえ」

それに答える余裕もなく、涼彦はロッカーからコートを荒っぽく掴《つか》み出した。それを腕に掛けたままで「行ってくる！」と一言残し、オフィスを飛び出す。

背後から部下の「あっ、ちょ、待ってくださいよ」という焦った声が飛んできたが、待つ余裕など、どこにもない。

部下を待っている間に、声の主の女性が危機に陥るかもしれない。

こういうことは、まさに「一刻を争う」事態なのだ。

職場の建物を出た彼は、共用の自転車に跨《また》がると、夜の闇に漕《こ》ぎ出していった。

涼彦の仕事は、私服警察官、すなわち刑事である。

兵庫《ひょうご》県芦屋《あしや》警察署、生活安全課に所属している。階級は巡査部長で、職場では主任と呼ばれる、いわゆる現場における中間管理職だ。

世間で刑事というと、刑事課の仕事ばかりがクローズアップされるが、彼らの仕事が「起こってしまった事件を捜査する」ことだとすれば、涼彦のいる生活安全課の仕事の多くは、「そのまま放っておけば起こってしまうであろう事件を未然に防ぐ」ことだといえるだろう。

だからこそ、住民の生活を安全に保つ……生活安全課、というわけだ。

具体的にいえば、未成年者の補導や生活指導、防犯対策、ストーカー犯罪やハイテク犯罪、ゴミの不法投棄、風俗問題など、業務内容は多岐にわたる。

だいたい、一般市民が何か相談に来たとき、話を聞くのはまず生活安全課の人間であることが多い。

涼彦が今、大急ぎで向かっているのは、数ヶ月前から、ストーカー問題で相談を受けている女性の自宅だ。

何件かの不幸な結末を迎えたストーカー犯罪を踏まえて、二〇〇〇年にストーカー規制法が成立、施行されて以来、警察がストーカー行為に対して介入できる範囲は、かなり広がった。

加害者に対して、所轄の署長から警告を与えることも出来るし、公安委員会からストーカー行為の禁止命令を出すことも出来る。

無論、被害者にアドバイスを与えたり、弁護士を紹介したり、ブザーなどの対策器具を貸し与えたり、あるいは被害者宅付近の見回りを強化したりといった、地道な対策も講じる。

だが、結局のところ、ストーカー対策について考えるたび、涼彦の頭の中には、いたちごっこという言葉が浮かぶ。

困ったことに、ストーカーと化す人物は、決して特別に異常な人間というわけではないのだ。

ある意味、誰でもきっかけがあれば、そうなってしまう危険性を孕《はら》んでいると考えたほうがいいかもしれない。

そして、いわゆるストーキングの手段も、昔と違い、今はインターネットがあるせいで、恐ろしくバラエティ豊かだ。

ストーカー規制法を改正したとき、「大量のメールの送りつけ」もつきまとい行為に含めるという、当時にしては新しい条項が追加されたが、今となっては、それだけではとても足りない。

コミュニケーションツールが次々と生み出される現代においては、サイバーストーキングとも呼ぶべき手段は、無限にあると考えたほうがいい。

それに対して、刑事が被害者に二十四時間張り付いて守り続けるというのは現実的ではないし、逆に、加害者を同様に監視し続けるというのも、他に多くの事案を抱える現状を考えると、可能だとは思えない。

結局、こんなふうに、打てる手はすべて打ち、その上で何かあったら素早く駆けつける……というのが、警察としては最善の対応といえるだろう。

(それが、歯痒《はがゆ》いんだよな)

涼彦は、全力で自転車を漕ぎながら、歯噛《はが》みした。

冬の夜風は頰にビシビシと切りつけてくるが、そんなことを気にしている余裕は彼にはない。

一秒でも早く現場に駆けつけ、怯《おび》える被害者を安心させてやりたい。

一方で、正直なところ、いくら説き伏せ、叱責《しっせき》し、警告しても、すべての加害者につきまとい行為をやめさせるのは難しい……というのも、現場でストーカー事件に取り組み続けてきた涼彦の実感だった。

そこに至るまでのルートは幾通りもあるとはいえ、結局、ある特定の人物に対する強すぎる執着が、様々な手段でのつきまといを引き起こすのだ。

他人に干渉されたり、行為を否定されたりすると、加害者が逆上してなお行為をエスカレートさせないとも限らない。

また、一時的に大人しくなっても、決して諦《あきら》めたわけではなく、ほとぼりが冷めた頃にまたストーキングを始める加害者もいるので、被害者を長期にわたってフォローしていく必要が出てくる。

杓子《しゃくし》定規な対応では、十分に被害者を守ることができないと思うからこそ、残業中だろうと非番だろうと、自分が担当している事件の被害者から連絡があれば、涼彦はとにかく現場に向かう。

そして被害者だけでなく、可能ならば加害者からも話を聞き、相互理解に努めることにしている。

同僚たちには、「他に抱えてる案件もあるんやし、自分の生活も守らんとあかんのやし、あんまり一つの案件に根詰めすぎたらあかんで」と注意されるのだが、なかなか「はいそうですね」と素直に従えない涼彦なのである。

JR芦屋駅の南側、やや細くて暗い路地沿いの木造アパート前に、もう何度も警告を与えたはずの、小太りの三十代男性が立っているのが見えた。

涼彦の自転車のブレーキが酷《ひど》く軋《きし》んでも、気にする様子も悪びれる様子もない。

「ここで何をしてるんですか。ストーカー行為をやめなさいと、警告を受けてるはずですけどね」

自転車から下りた涼彦は、つとめて冷静に、男に声をかけた。

一見、普通のサラリーマンに見えるスーツ姿のその男だが、手にはスマートホンが六台も握られている。

一台を着信拒否にされても、また次を出して電話をかける……そんな執拗《しつよう》な行為を、延々と行っているらしい。おそらく、足元に置かれたバッグの中に、もっとたくさんのスマートホンが入っているのだろう。

「あ、刑事さん。どうも、ご苦労様です」

男は、そんなとぼけた挨拶《あいさつ》をした。顔には、まずいところを見つかったというような表情はない。まったく罪悪感を覚えていない様子だ。

「もう、二時間以上、ここに立って電話を掛け続けられているそうですね。先方が、たいへん迷惑しておられますよ」

出来るだけ加害者を刺激しないように、涼彦は、はらわたが煮え繰り返るような怒りをぐっと抑え、穏やかに注意した。

だが男は、「お前は何を言っているんだ」というような顔をして、涼彦に言い返してきた。

「だって刑事さん、あいつ、いっぺんも電話に出ないんですよ？　出てくれたら、僕だって二時間も掛け続けなくていいのに」

「……そもそも、先方は、あなたとの交際は既に終了しており、あなたに電話を掛けてほしくないと仰《おつしや》ってますね？」

涼彦が指摘すると、男はやけに淡々と言い返してきた。

「まあ、もうつきあってないって思うのも、電話を掛けてほしくないって思うのも、あっちの考えですよね。僕だって、尊重しますよ。でも僕も、電話を掛けたいと思う自由がある。基本的人権です」

「そんな屁理屈《へりくつ》はないでしょう。連続した電話、つまり短時間に何度も電話を掛ける行為は、ストーカー規制法で、つきまといに該当する行為とされてます。立派に規制の対象ですよ」

どんなに理屈っぽい相手に対しても、どうにか理屈で対抗するのが刑事の仕事ではあるのだが、目の前の男は、実に不満げに子供のように頰を膨らませ、さらなる屁理屈を繰り出してくる。

「あっ、わかりましたー。じゃあ、何分に一回だったら、その『短時間に何度も』に該当しないのか、ここでハッキリ言ってください。そしたら僕、ノープロブレムな間隔で電話しますから」

「な……っ。そ、そもそも、住居付近でずっと見張りをしていることも」

「あっ、そうそう。ここに二時間立ってるのもアウトっていうんなら、同様に、何分までならいいんですかね？　僕、その時間だけここに立って、あとは定期的に巡回しますから。それなら、警察の方も、僕をしょっ引けないわけで、ご迷惑はかかりません。あなたたちを抜いて、僕とあいつのふたりだけの問題になりますから。ねっ。そうしましょう」

「…………ッ」

あまりにも勝手な言い分に、涼彦は絶句する。男はニコニコしてしゃがんだと思うと、バッグからICレコーダーを取り出し、涼彦の口元に突きつけた。

「ほら、早く。電話は何分に一回ならオッケー？　住居前に立つのは、何分までならオッケー？　あと、メールとFAXの間隔も聞いちゃおうかな。言質取りますんで、慎重にご発言ください。ほら、お願いします」

あくまでも低姿勢だが、自分のほうが弁が立つと確信して、刑事を嘲笑《ちょうしょう》して楽しんでいるのは明らかだ。

しかも、ここで涼彦が迂闊《うかつ》なことを言えば、「芦屋署の刑事がこう言った」と、ごねるための材料に使うつもりに決まっている。

短気はいけないと思いつつも、こんな男のために、何ら犯罪を犯していないひとり暮らしの女性が、日々、恐怖を抱えて生活していると思うと、涼彦は怒りで鼻筋に皺《しわ》が寄るのがわかった。

ドーベルマンみたいな顔になるからやめなよ、と同僚に言われたことがあるが、腹を立てると、どうしてもそうなってしまうのだ。

「そんな基準は、ありません！」

思わず尖《とが》った声を出すと、それすら男にとっては、恰好《かっこう》のからかいのネタだったらしい。きゃっきゃっと嫌な笑い声を立て、男はICレコーダーを自分の口許《くちもと》にあてがった。

「そんな基準はありません、だって！　あっはっは、それじゃ、どうやって『短時間に何度も電話をかける』なんて定義できるんですかねえ。バカですねえ、日本の警察！」

「この……ッ」

涼彦の右の拳《こぶし》が、無意識のうちに固く握り締められる。

それに気付いてか気付いていないのか、男は歌うように言い募った。

「あっ、もしかして、住居付近で待ち伏せとかも、基準ないんですかねえ。その気になったら、靴紐《くつひも》を結び直してるだけで、僕のことしょっ引けたりするんですかねえ。わあ、官憲の横暴だー！」

その甲高い最後の一声が、涼彦の堪忍袋の緒を瞬時に断ち切った。

「この野郎……！　自分がどれだけ他人を苦しめてるのか、わからねえのか！　それでも人間か！」

気がつけば、左手が勝手に男のワイシャツの襟首を引っ摑《つか》んでおり、右手は、男のやけにふくよかな頰を殴り飛ばしていた。

派手な悲鳴を上げて、男は、潰《つぶ》れたおはぎのように地面に這《は》いつくばる。

「僕はっ！　僕はこんなに礼儀正しく振る舞っているのに……！　横暴だー！　訴える！　訴えてやるぞー！」

地面に転がったまま、男はスマートホンを構え、涼彦の写真を撮ろうとする。

「この野郎……ッ！　言葉だけ丁寧だって、お前なんざ獣以下だ！　犬だって猫だって、相手が苦しんでりゃわかるッ！」

激昂《げっこう》した涼彦は、男の手からスマートホンを蹴《け》り飛ばした。そのまま、再び男に摑みかかろうとするが、突然、背後から強い力で羽交い締めにされる。

「ちょっと、仁木さん！　落ちついて！　落ちついてくださいッ！　暴力は駄目です！」

振り向けば、追いついてきた部下のひとりが、必死で涼彦を制止しようとしている。

「うるせえ、一発殴ったら二発も三発も同じだ！　ボコらせろ！」

「駄目ですってば！　おい、こっち！　まずこっち抑えろ！」

部下のそんな呼びかけで、他の刑事たちも次々と涼彦を取り押さえるために集合してくる。

呆然《ぼうぜん》とするストーカーを前にして、まさに刑事の団子状態である。

「馬鹿野郎、俺を捕まえてどうすんだ……ッ！」

そんな涼彦の怒号が、虚《むな》しく夜の街に響き渡った……。

一章　古い時計が動き出す

「うう、寒ッ！　外、超寒いよ夏神《なつがみ》さん。骨まで凍りそう」

両手で自分の身体を抱くようにして店に戻ってきた五十嵐海里《いがらしかいり》は、シンクで綺麗《きれい》に手を洗いながら、「お湯はいいねえ～」と、妙に年寄りくさい一言を放った。

とはいえ、彼自身は「年寄り」にはほど遠い。

年齢は二十五歳、中肉中背よりはやや長身で痩《や》せているが、それはガリガリであるというよりも、少年特有の肉付きの薄い体型を未《いま》だに保っている……という印象だ。

「そら冬やからしゃーない。っちゅうか、生ゴミ捨てに、ほんの十歩ほど外出たくらいで、何を大袈裟《おおげさ》に凍えとんねん」

かたや、ぶっきらぼうな関西弁と野性味のある笑顔で応じたのは、まさに偉丈夫という言葉が似合う、大柄でガッチリした体格の三十代半ばの男だった。

この店、「ばんめし屋」の経営者兼料理人、夏神留二《りゅうじ》である。

「ばんめし屋」は、兵庫県芦屋市、もっと詳しくいえば、阪神《はんしん》芦屋駅のすぐ北側にある。芦屋警察署とカトリック芦屋教会という、それぞれ際だった特徴のある建物の間にひっそりと佇《たたず》む、古くて小さな日本家屋だ。

一階が店舗スペースで、二階には、夏神と海里が同居している。

「ばんめし屋」は定食屋だが、普通の定食屋とは、少しばかり違う。

その名のとおり、午後六時頃から始発電車が走り始める頃、つまり「ばんめし」の時間帯だけ営業し、メニューはただ一つ、日替わり定食しかない。

しかも、日替わり定食の献立は、滅多に前もって決めたりしない。たいてい当日に夏神と海里が話し合って決め、小さなボードに手書きして、店の表に掛けておく。和洋中を問わず、夏神や海里が作りたい、食べたい、あるいは食べさせたいと思う料理を客に出すのだが、値段はいつも同じ、税抜き千円だ。

そんな風変わりな店に海里がやってきたのは、今年の春のことだった。

少年マンガを原作としたミュージカルで俳優デビューを飾った海里は、春先まで、朝の情報テレビ番組で料理コーナーを担当していた。

本人はあくまで俳優志望だったのだが、演技力がさほど高くない一方、華やかだが整いすぎてはいないルックスと明るい性格は、むしろバラエティ番組向きだったらしい。

料理コーナーのスタイリッシュな料理人ぶり、特に料理が完成したときの「ディッシー！」という決め台詞《ぜりふ》と、画面に向かって皿を差し出すポーズが評判となり、あちこちの番組や雑誌からお呼びがかかるようになった。

ところがある日、とある若手女優をめぐるスキャンダルに巻き込まれた海里は、まったくの濡《ぬ》れ衣《ぎぬ》にもかかわらず、弁解の機会すら与えられないまま一方的に悪者にされて、芸能界を追放された。

ずっと所属していた事務所からも解雇され、一瞬にして、住《す》み処《か》も仕事も失ってしまったのである。

仕方なく、家族が暮らしている神戸に戻ってみたものの、海里の芸能界入りに大反対だった兄の怒りは解けておらず、実家に受け入れられることはなかった。

それで路頭に迷っている最中《さなか》、海里は芦屋の街中で夏神に出会った。

やけっぱちになって、たちの悪い若者たちとトラブルを起こし、袋叩《ふくろだた》きにされているところを、偶然通り掛かった夏神に助けられたのだ。

それをきっかけに、海里は夏神から住み処と仕事を与えられ、「ばんめし屋」の住み込み店員となった。

とはいえ最初の頃、海里はお世辞にも有能とはいえない店員だった。

実は、平日ほぼ毎朝、二年余りも番組で料理コーナーを担当していたにもかかわらず、海里はまともに料理を習ったことがなかったのである。

番組内で小綺麗に仕上げた料理は、ほぼすべてフードコーディネーターがお膳立《ぜんだ》てしてくれたもので、海里は調理の仕上げ段階だけをやっていたに過ぎない。

当時の海里にとって、料理はあくまでもファッションアイテムのようなものであり、興味があるのは味や栄養価より、見栄えの良さや派手な調理手法、それに流行の食材といった上っ面のことばかりだった。

しかし「ばんめし屋」に来てから、夏神や、店を訪れる様々な人と触れ合ううち、海里は、料理が人の心に及ぼす不思議な力を知った。

たった一皿のありふれた料理が、人の心を癒し、救い、導き、そして大切な誰かの心としっかりと結びつける。

そんな光景を幾度も見て、自分の身でも味わって、海里の料理に対する意識は、いつしか完全に変わっていた。

そして、夏神のもとで本当の料理を一から学ぼうと決め、ずっと持ち続けていた芸能界への未練をすっぱり断ち切ったのである。

今の海里は、髪を短く整え、身につけているのも、身の丈に合った質素なものばかりだ。たくさん持っていたアクセサリーも、ほとんど処分してしまった。

生まれついての顔に変わりはないが、華やかな芸能人オーラは、すっかり影をひそめた。どこから見ても、「定食屋のかっこいいお兄ちゃん」である。

「そろそろかな」

テーブル席にいる一組だけの客が食事を終えかけているのを見計らい、急須《きゅうす》に茶葉を掬《すく》い入れながら、海里は小声で言った。

「なあ、サービスでデザート如何《いかが》ですかって訊《き》いてこいよ」

「はいっ、かしこまりました」

恭しく応じてカウンターの中から飛び出していったのは、勿論《もちろん》、夏神ではない。

実はこの店にはもう一人……便宜上もう一人と表現するが、本当は人間ではない、けれど人間の姿をした「もの」がいる。

すっかり常連客にはお馴染《なじ》みとなった第三の店員、流暢《りゅうちょう》な丁寧語を操る初老の英国紳士の正体は、まさかの「眼鏡」である。

百年ほど前にイギリスで作られ、日本人の手に渡ったセルロイド眼鏡は、二代にわたる主人に大切にされたおかげで、魂を宿した。

日本に古《いにしえ》より伝わる言葉でいえば、「付喪神《つくもがみ》」ということになるだろうか。

二人目の主《あるじ》の死後、無残に打ち棄てられた眼鏡を、偶然通り掛かった海里が拾ったことから、彼は海里を「三人目のご主人様」と認定し、末永く仕えようと、勝手に心に決めてしまった。

やむなく彼を受け入れた海里から「ロイド」という名を与えられ、共に過ごすうち、二人の間には不思議な絆《きずな》が生まれ……ついにロイドは時折、人間の姿に変身することもできるようになった。

何にでも興味津々で、食べることも大好きな彼は、店の仕事も手伝いたがる。

セルロイドは熱に弱いので、調理に携わることはあまりできないが、配膳《はいぜん》や接客に大活躍で、今や、ロイドとお喋《しゃべ》りすることを楽しみに店を訪れる客もいるほどだ。

「お二人とも召し上がるそうです。ご用意しましょうね」

客席から軽やかな足取りで戻ってきたロイドは、すっかり慣れた様子で冷蔵庫を開けた。ワイシャツ・ネクタイ・ベストの上からエプロンをつけるという定食屋らしからぬ服装も、すっかり板についている。

本来はデザートを出さない「ばんめし屋」だったのだが、最近は、余裕のある日には海里がちょっとしたデザートを用意し、希望する客にだけサービスで出すようになった。

今夜は、仕入れ先の青果店が「寒さでうっかり傷ませてしまったから」とタダで分けてくれたサツマイモを使って、芋ようかんを作った。

サツマイモの黒ずんだ部分を取り除き、無事な部分の皮を厚く剝《む》いて蒸《ふ》かす。柔らかくなったら、熱いうちに潰《つぶ》して裏ごしし、牛乳と粉寒天と砂糖少しを混ぜて火にかけたものに合わせたら、あとは型に流し込んで冷やし固めるだけだ。

余計なものは何一つ入っていない素朴なスイーツだが、夏神の飾り気のない料理の後に提供するなら、デザートも極力シンプルなほうがいいと海里は考えている。

市販品より柔らかめに仕上げた芋ようかんを、ロイドは海里のペティナイフを拝借して小さめに切り分け、豆皿に一切れずつ載せる。

それに海里が淹《い》れたほうじ茶を合わせて、食後のひとときをほっこり過ごしてもらおうという趣向だ。

ロイドがデザートを客席に運ぶのを見守りながら、海里は小声で言った。

「今日はお客さん、少ないな。日替わりメニューが気に入らなかったかなあ」

実は今夜の日替わりの主菜「肉団子甘酢あん掛け」は、海里の発案である。それだけに、いつもより客足が伸びないことを、地味に気にしていたらしい。

夏神はへへっと笑って、親指で入り口の扉のほうを指した。

「お前がさっき言うとったとおり、今日は寒いからな。わざわざ飯食いに出ようと思わんのかもしれへん。お前のせいやない」

「だといいんだけどさあ。いや、全然よくないけど」

それでも浮かない顔で、海里はカットしなくても形のいい眉《まゆ》を八の字にした。

十二月に入るなり、厳しい寒波が到来し、雪のちらつく日が続いている。夜の冷え込みはいっそう厳しいので、確かにここしばらく、客足は鈍い。

「まあ、肉団子のタネは、冷凍しよったら他の料理にも使い回せる。こういう時期には、ええアイデアやったと思うで」

夏神に慰められて、まだ情けない表情のままの海里は鈍く頷《うなず》き、客席に視線を移した。

奥のテーブルに差し向かいで座っている若い男女は、どうやら医大生らしい。接客のときに小耳に挟んだ会話の中に、「マロリー・ワイス症候群」だの「肝硬変」だの「呼吸性アシドーシス」だのといった、いかにもな医学用語がちりばめられていた。

医師でないことは、空き席に置かれたバッグの口から、「医師国家試験対策問題集」と大きく書かれた参考書が見えることで察せられる。

この辺りの大学に通っているのだろうから、神戸大学医学部か、兵庫医科大学あたりだろうか。

（九時過ぎか。こんなに遅くまで、勉強してんのかな）

海里自身は大学へ行かなかったので、大学生がどういう生活をするものか、想像もつかない。だが、自分たちの専門分野について食事をしながら語り合う二人は、とても楽しそうに見えた。

（兄ちゃんにも、あんな風に楽しそうに過ごす時間があったのかな。だから俺にも、大学に行けってあんなに勧めてくれたんだろうか）

海里はふと、兄の一憲《かずのり》のことを思った。

幼い頃に船員だった父親が事故死し、その後、母親と共に家計を支え、海里の父親代わりになってくれたのは、年の離れた兄、一憲だった。

口うるさい一憲と反りが合わず、ことごとく兄の言いつけやアドバイスに背いてきた海里だが、最近では、かつての兄がどんな気持ちだったかを時々考えることがある。

特に、つい先日、かろうじて和解を果たしてからは、余計に兄との関係を振り返る機会が増えた。

(とはいえなあ……。俺が勉強に向いてないことくらい、ちょっと考えりゃわかるはずなんだよ。そういうとこ、兄ちゃんの目は節穴なんだよな)

そんな海里の思考を途切れさせたのは、男性客の言葉だった。

「サツマイモは、国試を控えた今の俺らにはピッタリや。ビタミンCで免疫力アップ、カロテンは目にええし、カルシウムはイライラに効く」

(へえ。サツマイモに、そんな効能があるんだ?)

興味を惹《ひ》かれ、海里は思わず聞き耳を立てる。

向かいに座った女性客も、美味《おい》しそうに芋ようかんを頬張り、やや不明瞭《ふめいりよう》な口調で応じる。

「せやねー、水溶性食物繊維が含まれてるから、LDLコレステロールと血圧も下がるんと違う？」

「それはそうやけど、コレステロール値やら血圧やらを気にする歳違うやろ、俺ら。どっちか言うたら、便秘に効く不溶性食物繊維のほうが……」

「こらっ、食事中に便秘とか言わんといて！」

「あ、すまん。せやけど、もう飯は終わったやん」

「口の中にまだ入ってるねん」

他愛ないやり取りをしてクスクス笑い合う二人を軽い尊敬の眼差《まなざ》しで見ながら、海里は夏神に耳打ちした。

「だって。サツマイモ、すげえな」

夏神も、笑いながら相づちを打つ。

「ホンマやな。俺らも、そういうことを勉強して献立を決めんとアカンかもなあ」

「難しいけど、そうだな～。奈津《なつ》さん、獣医だから、栄養学とかも詳しいかな。いっぺん、訊いてみよう」

海里はそんなことを言った。

奈津というのは、「ばんめし屋」からそこそこ近い動物病院に勤務する、明朗快活な女性のことだ。一憲の婚約者としてこの店を訪れ、互いに頑固な兄弟の心を近づけようと、孤軍奮闘してくれた。

彼女のおかげで、海里は兄と再び言葉を交わせるようになったのである。

つい二週間前、奈津は一憲と入籍し、今は海里の実家で兄弟の母親と同居しながら、獣医の仕事を続けている。

海里にとっては、何とも頼もしい義理の姉なのである。

新たに客が来なくて手持ち無沙汰《ぶさた》になった夏神は、エプロンのポケットから棒付きの飴《あめ》を取り出し、セロハンの包み紙をめくりながら低い声で海里に訊《たず》ねた。

「そういうたら、お前、クリスマスは実家か？」

海里も、客席に聞こえないように小さな声で、しかし思いきり顔をしかめて「はぁ？」と応じる。

夏神は海里のつっけんどんな反応に少し気を悪くしたらしく、飴を手に持ったままで渋面を返した。

「何やねん、その反応。ヤンキーやあるまいし。せっかく兄貴と仲直りしたんや、クリスマスは家族で過ごすん違うんか？」

「んなわけねえだろ」

「何でや？」

「そうですよ、何故でございますか？」

空いた食器を下げ、カウンターの中に戻ってきたロイドまで、会話に加わってくる。

海里は苦々しい面持ちで、夏神とロイドを順繰りに睨《にら》んだ。

「あのなあ。新婚さんが初めて迎えるクリスマスだぞ？　同居してる母親だって、二人に遠慮して、その頃は友達と温泉旅行に出掛けるってのにさ。俺がそこに頭突っ込んでどうするんだよ。ロマンチックぶち壊しじゃねえか」

「ロマンチックて……まあ、新婚さんは確かやけど、お前のあの兄貴が、ロマンチックなクリスマスを過ごしはるんか？」

夏神は、真顔で疑問を呈する。

確かに、高校ではサッカー部副部長、大学では自治会書記、さらに現在は公認会計士として活躍している一憲は、四角四面を絵に描いたような無骨な男である。

とても、ロマンチックなクリスマスを演出するような人物ではない。

「確かにそこは不安要素しかねえけど、いくら兄貴でも、何か考えるだろ。つか、兄貴が駄目なら、奈津さんのほうでいい感じのレストランでも予約するんじゃねえの？　とにかく、俺はお邪魔虫は嫌だよ」

「せやけど、あっちから誘ってきたら行くやろ？」

「えぇー？　あっ、ありがとうございます！」

話の途中で、海里は食事を終えた客が席を立ったのを見て、声を張り上げた。カウンターを出て、レジに向かう。

会計を済ませた客を店の外まで見送って店に戻った海里は、店内に客がいなくなったのをいいことに、思いきり嫌そうな顔で再び口を開いた。

「誘われても、今年のクリスマスはパスするって。マジで最初のクリスマスくらい夫婦水入らずで過ごしてほしいし、だいいち、イブは平日だろ？　店あるじゃん。……ってか、そんなに俺を追い払いたがるところをみると、夏神さんが何かあんの？　もしかして、デートするから臨時休業？　まさかのおうちデート？　だったらそう言ってくれよ、俺、ちゃんと出掛けるよ？」

「そうなのですか？　で、あらば、わたしも海里様にお供して……はっ、でしたら、海里様。わたしと共に、その、ロマンチックなクリスマスとやらを是非」

「なんでお前と二人でロマンチックに過ごさなきゃいけねえんだよ、イブを！　ひとりぼっちより虚《むな》しいだろ！　つか、傍目《はため》に物凄《ものすご》く変な取り合わせだぞ、俺たち」

「そのようなことは、決して！」

「あーいやいや、待てや。俺がそないなことになっとるわけがあれへんやろ。女の影なんぞ、過《よ》ぎりもしてへんやろが」

夏神は呆《あき》れ顔で、主従の言い合いに割って入る。

海里は口をへの字にしてしばらく黙っていたが、やがて溜《た》め息交じりにボソリと告白した。

「つかさあ、奈津さんは俺と兄貴をやたら会わせたがるんだけど、正直、仲直りしたっつっても、俺と兄貴、水と油だからさ。仲良しにはなれそうにないって、お互い思ってるわけよ。だから、たまーに顔を合わせるくらいでいいと思うんだよね。ほら、どうせ、正月は挨拶《あいさつ》に行くわけじゃん？　だから、クリスマスはパス」

その口ぶりから、夏神は何かを察したらしい。ははあ、と太い指を鳴らした。

「お前、さてはこないだ、何ぞあったな？　兄貴の入籍祝いのホームパーティに呼ばれたとき、料理を任された言うて大張り切りで出掛けていったくせに、えらい不機嫌に戻ってきたやろ」

「うっ」

鼻白む海里の表情が、図星であると雄弁に物語っている。夏神は、得意げに言葉を継いだ。

「やっぱしか。あんまり立ち入ったこと言うてもアカンなっちゅうて、ロイドと二人、こっそり心配しよったんやで？　もしかして、自信作のグラタン、喜んでもらわれへんかったんか？」

いささか心配そうに問われて、海里は空いている客席の椅子を引き、どっかと腰を下ろした。長い脚を組んで、全身で「うんざり」を表現しながら、それでも正直に打ち明ける。

「いや、グラタンは好評だった。兄貴もまあ食えるって言ってた。けど、つまんないことで言い合いになってさあ」

「つまらないこと……でございますか？　具体的にはどのような？」

茶色い目をパチクリさせて、ロイドは不思議そうに問いかけてきた。

たいていの場合、本来の眼鏡の姿に戻って海里と行動を共にするロイドだが、そのホームパーティの夜は、「何かむず痒《がゆ》くて恥ずかしいから」という理由で、留守番させられていたのである。

海里はテーブルに頰杖《ほおづえ》を突き、ふて腐れた顔つきで答えた。

「マジでつまんないことだって。……飯食った後、みんなでテレビを見てたんだ。歌番組で、男のアイドルグループが出てきたんだよ。そしたら兄貴が、『チャラチャラして、見ているだけで不愉快だ』なんて言い出してさあ。妙にイラッと来て、『外見だけで人を不愉快とか言うな。そんなこと言う奴のほうが不愉快だ』って言い返しちゃって、そっからケンカ」

「……しょーもな！　心配して損したわ」

「わかってるって！　だからつまんねえことだって言ったろ」

呆れ顔の夏神に、海里は羞恥《しゅうち》でうっすら目元を赤らめて言い返した。

「だけど、一事が万事、兄貴と俺はそういう感じなんだよ。これぱっかりはしょうがねえって。せっかくのクリスマスにそんな風に険悪になったら、お互い嫌だろ？　何がどうあっても、やめとく。それに……マジで店、開けるんだよな？」

　そう問われて、夏神はザンバラ髪をまとめたバンダナに片手で触れつつ、「そうやなあ」と応じた。

「特に、店休む理由もあれへんし、普通に営業しようと思うとるけど」

「そんじゃ、いつもどおり仕事して、店閉めてからちょこっと残り物食って、乾杯するくらいでいいんじゃね？　開店前に、ケーキくらいは買っといてさ」

「クリスマスケーキでございますね！　巷《ちまた》の噂で、早めの予約が必要とお聞きしております。我が主、是非、そこはぬかりなくお願い申し上げますよ！」

　ロイドは、満面の笑みでそんなことを言いだした。どうやらこの、「見た目は大人、頭脳はやや子供」という、どこかの名探偵とは真逆の眼鏡は、クリスマスにも興味がありあまるほどあるらしい。

　先日から、海里についてコンビニエンスストアに行くたびにタウン誌をせがんでいたのは、クリスマスについての情報を集める目的だったようだ。

「そりゃ、ホールケーキは予約が必要だろうけど、カットケーキでいいだろ？」

「ええっ？　その……クリスマスですのに、普通のカットケーキでお祝いなさるのでございますか？　サンタクロースが飾られているような、美しいクリスマスケーキではなく……？」

「いや、だから野郎三人でホールケーキはむしろお寒いだろ。切り分けるの、めんどっちいし。なあ、夏神さん」

海里の言葉に、夏神も曖昧《あいまい》に頷《うなず》く。

「まあ、なあ。俺、さほどケーキにこだわりはあれへんし。カットケーキのほうが、楽でええん違うか？」

「夏神様まで……！　クリスマスイブは、一年に一度なのでございますよ？」

ロイドは彫りの深い、ノーブルな顔全体で絶望を表現しつつ、ガックリと撫《な》で肩を落とす。海里は微妙な顔つきをして、落胆しまくっているロイドをからかった。

「あのなあ、夜通し働いて店を閉めたときには、もうイブは終わってるって。クリスマス当日の朝だよ」

「うう……ならば、店を開ける前にでも！　ああ、それがようございます。それならば、残ったケーキを閉店後に再び召し上がるという手がございますよ！」

「そこまでして、ホールケーキが食いたいのか。……まあ、じゃあ、近場のケーキ屋のクリスマスケーキのチラシでも貰《もら》ってくるよ。検討しようぜ」

執拗《しつよう》に食い下がるロイドに、さすがの海里も降参して両手を軽く上げてみせる。そのままのポーズで、海里は「そういえば」と夏神を見た。

よかったなというようにロイドの肩を叩《たた》いた夏神は、笑顔のままで海里に向き直る。

「何や？」

するとと海里は、両手の指を頭のてっぺんで軽く組んで、「夜通し働いて、って言ってから思い出したんだけど」と前置きしてからこう言った。

「俺、ここに来てからずっと疑問に思ってたことがあるんだよな」

「ずっと？　春からずっと寝かしといた質問か？　どんだけ凄いヤツが来るねん。期待値上がるなぁ」

夏神は面白そうに広い肩を揺する。海里は苦笑いで弁解した。

「いや、最初っからあんまり当たり前みたいにそうしてるから、なんで？　ってかえって訊《き》きにくくてさ。ずっとタイミングを逸してたんだよね」

夏神は、さっき客が帰るとき、包み紙を剝《は》がしかけたところで調理台の片隅に置きっぱなしだった飴《あめ》を取り上げ、口に含んでから先を促す。

「当たり前に？　俺がか？　何やようわからんけど、訊きたいことがあるんやったら、勿体《もったい》つけとらんと言わんかい」

そう言われて、海里は「マジで今更だよ？」と前置きしてから、こう訊《たず》ねた。

「なんでこの店、夜だけ営業してんの？」

「お」

あまりにも根源的な質問を食らって、夏神は飴をくわえたまま、むしろキョトンとする。

ロイドも、ああ、と手を打った。

「わたしも、密《ひそ》かに不思議に思っておりました」

「揃って不思議に思ってるんやったら、どっちでもええからもっとさっさと言うたらよかったのに」

夏神はようやく困り気味の笑顔に戻り、せやなあ……と少し考えてから、答えようとした。

「まあ、何や言葉にしたら気障《きざ》かもしれんけど」

うんうん、と頷きながら、海里とロイドは、何となく心に引っかかっていた疑問が氷解する瞬間を待つ。

ところがそのとき、ガラッと入り口の引き戸が開いた。

「わっ、い、いらっしゃいませ！」

海里は反射的に立ち上がり、客を迎えるべく笑顔を作りかけて、そのまま固まった。のっそりと店に入ってきたのは、さっきまで話題になっていた海里の兄、一憲だったのである。

「おう。……こんばんは」

ケンカ別れしたままの弟の顔を決まり悪そうに一瞥《いちべつ》すると、一憲はカウンターの中に立つ夏神のほうを見て軽く頭を下げた。

一瞬、呆気《あっけ》にとられていた夏神も、飴を素早く口から出して小皿の上に置き、すぐにいつもの人懐っこい笑顔になって挨拶《あいさつ》を返す。

「いらっしゃい。先だっては、ご結婚、おめでとうございます」

「おめでとうございます！」

ロイドも満面の笑みでお祝いの言葉を掛ける。

「それはどうも」

一憲はいかにも照れ臭そうに、短く謝意を示す。

「こないだは、入籍前に奥さんと来てくれはったんでしたね。所帯持ちはって初めてのご来店、ありがとうございます。さ、どこでも好きなとこ座ってください」

夏神に促され、一憲はさっきまで医学生二人が座っていたいちばん奥のテーブル席に座った。

嫌なサインだ、とカウンターの中に戻りながら、海里は小さく舌打ちした。

カウンターでなくテーブル席に着いたのは、カウンターの内側から動かない夏神とお喋《しゃべ》りするために来たのではない、つまり海里に話があるという無言のサインだからだ。

（噂をすれば影ってよくいうけど、そのまんますぎるだろ）

海里の表情は、勝手に煩わしそうになってしまう。とはいえ、客は客である。

夏神に目で促され、海里は兄のテーブルに水のグラスと中華風春雨サラダの小鉢を運んだ。

ロイドは冷蔵庫からいそいそと挽《ひ》き肉だねを入れたボウルを取り出して夏神のもとに運び、夏神は油の鍋《なべ》を火にかける。

「はい、どうぞ」

いかにもおざなりに言って、海里は兄の前に箸《はし》と水のグラスをセットし、サラダの小鉢を置いた。

一憲は眼鏡を押し上げ、いかにももの言いたげに弟の顔を見上げる。

自分は客なのだから、会話の糸口はお前が見つけろと言わんばかりの渋面に、海里は嫌々口を開いた。

「外、寒かっただろ」

「……冬だからな。当たり前だ」

さっきの夏神とまったく同じ台詞《せりふ》なのだが、やはり言葉には人柄が出るものであるらしい。一憲の冷ややかな声で言われると、取り付く島もない。

どうやら前口上はすべて割愛したいらしいと察して、海里は話題を変えた。

「今日はどうしたのさ。奈津さんとお母さんは？」

するとー憲は、ようやく長い文章を口にした。

「お母さんは、友達と観劇に出掛けている。奈津は今夜、当直だ。だから、たまにはいいかと思って来てみた」

ふうんと海里が相づちを打つと、さすがにそれだけでは愛想がなさすぎると思ったのか、一憲は「二人とも元気だ」と付け加えた。

「そっか、そりゃよかったよ」

海里はぎこちなく言葉を返す。

たいてい誰とでも親しく話せる海里だが、一憲だけは別だ。幼い頃から威圧的だった兄に相対すると、恐怖を感じるとまでは言わなくても、自動的にいささか萎縮《いしゅく》してしまうらしい。

「……海里」

そそくさとカウンターに戻ろうとした弟を、一憲は重々しく呼び止めた。

「な、何？」

つんのめるように立ち止まり、海里は恐る恐る振り返る。すると一憲は、厳しい面持ちのまま、右手の人差し指でテーブルを軽く叩きながら、低い声で言った。

「その……悪かったな、この前は。せっかく腕をふるってくれたのに、うっかり礼の言葉を言い損ねた。だから言いに来たんだ」

「え」

ポカンとする弟に向かって、一憲はわざわざ立ち上がり、「ありがとう」と深く頭を下げた。

「ど……ど、ど、どういたし、まして？」

ハッと我に返った海里も、大慌てで上擦った声を出し、同じくらい深いお辞儀を返した。

数秒後、同時に頭を上げた兄弟は、互いの顔を見て、米酢を一気飲みしたような顔になる。

「……以上だ」

「……おう」

どうしようもなく気まずそうに頷《うなず》き合って、兄は着席した。

不器用だが、傍目には微笑ましいにも程がある兄と弟のやりとりに、夏神とロイドは声を出さずに笑みを交わし合う。

そんな夏神の緩く握り込んだ左手からは、まるで魔法のように肉団子のタネが丸く整った状態に絞り出され、油の中に次々と放り込まれた。ジュワジュワと、揚げ油が蝉の鳴き声に似た音を立てる。

「ああ……っと」

カウンターに戻ろうとした海里は、ふと何かを思い出したように足を止め、クルリと兄のほうに向き直った。

「何だ?」

怪訝《けげん》そうな一憲に向かって、海里は探るように問いかける。

「今日、兄ちゃんがわざわざひとりで来た理由さあ。もしかして俺たちケンカした後、兄ちゃん、奈津さんに怒られたから、とか?」

それを聞いた途端、一憲の眉間《みけん》に、割り箸が挟めそうなほど深い縦皺《じわ》が刻まれる。唇が波打つまで口元に力を入れて沈黙した一憲は、それでも正直に海里の推理を肯定した。

「お前がプリプリ怒って帰った後、床に正座させられ、膝詰《ひざづ》めでこんこんと叱られた。あまりにも大人げないと。……その、奈津ばかりでなく、お母さんにも」

「ぶッ」

その光景を想像して、海里は盛大に噴き出す。だが一憲は、顔を赤らめながらも、人差し指で海里をビシッと指した。

「笑っていられるのも今のうちだ。あの二人、今度、お前がうちに来たときには、お前のことも『短気が過ぎる』と説教する予定らしいぞ」

海里は片手でトレイを抱えたまま、もう一方の手で自分の顔を指さした。

「は？　俺も？」

一憲は重々しく頷く。

「ケンカ両成敗だそうだ。しかも、厳密に成敗することにしたらしい。……そういうわけだから、近いうちに一度、うちに顔を出せ」

「えええ。叱られるのがわかってて、わざわざ行くかぁ、普通？」

海里はあからさまに嫌そうな顔をしたが、一憲はこう言い返した。

「お前のことだから、正月まで来ないでおこうと思っていたんだろうが、年が明けても時効にはならんぞ。正月そうそう、あの二人から説教されるのは嫌だろう」

「や、そりゃ凄《すご》く嫌だけど……」

「とにかく一度、ちゃんと連絡してから来い。この前はお前が料理を作ってくれたが、次はお母さんが、久しぶりに母の味って奴を振る舞いたいそうだ。そういう気持ちも察してやれ」

海里の顔から、拭《ぬぐ》ったようにマイナスの感情が消える。

「あ……そっか」

一憲も、ようやく口元を緩ませた。

「俺に遠慮して、お母さんもずっと表立ってお前を庇《かば》えずにいたからな。最近、お前が来るとなると、何日も前からソワソワしているんだ。かといって店に行くと、お前に気を遣わせそうだからと遠慮しているようだし。だから、お前のほうから、家にもっと顔を出してやってくれ。俺に遠慮する必要はないぞ。……余程のことがない限り、つまみ出したりはせん」

海里の顔を見ず、テーブルに視線を落としてそんなことを言う兄に、海里も照れて、鼻の下を指で擦《こす》った。

「ん、わかった。そうする。……ああ、心配しなくても、兄貴がいなくったって、奈津さんにちょっかい出したりはしないから！」

「……海里っ！」

何度反省したところで、やはり海里のこととなると導火線の短い一憲は、たちまち声を荒らげる。

「冗談だってば」

海里は笑いながらカウンターの中へ逃げ込んだ。

兄と弟がそうやって独特の距離感でじゃれ合いをしている間にも、夏神は着々と料理を仕上げていく。

肉団子がきつね色に揚がる頃には、隣の小さなフライパンには、醤油《しょうゆ》と砂糖と酢でシンプルに仕上げたとろみの強い餡《あん》が用意されていた。

最後にほんの少しごま油を落として香りをつけた餡に肉団子を放り込んでさっと合わせると、主菜、肉団子甘酢あん掛けの完成である。

中華風の皿に大ぶりの肉団子五つを盛りつけ、ご飯と中華風わかめスープを添えて、今度はロイドが一憲のもとに運ぶ。

「ごゆっくりお召し上がりくださいませ」

「ああ……ありがとう、ございます」

見るからに年上の英国紳士に恭しく挨拶《あいさつ》され、一憲はいささか面食らった様子で丁重に礼を言った。

前回は一緒に来た奈津がよく喋《しゃべ》っていたのと、客入りがほどほどよかったので、一憲がわざわざ口を利かなくても店内は十分に賑《にぎ》やかだった。

だが今夜はひとりで来た上、店に他の客がいないので、きちんと話し、礼儀正しく振る舞って、弟に恥をかかせないようにしなくてはと気負っているようだ。

それに加えて、店員三人がかりで見守られては、食事どころではないだろう。

一憲を気遣い、夏神はリモコンを取ると、テレビのスイッチをつけた。

騒がしいトーク番組やお笑い番組は避け、生活情報番組にチャンネルを合わせておく。咄嗟《とっさ》のBGM代わりだ。

夏神に視線で促されて、海里とロイドが洗い物を始めたので、一憲は幾分ホッとした様子で食事を始めた。

まずはすりごまの風味がいいスープを一口、サラダを一口。それから肉団子を一つ頬張り、一憲は素直な感嘆の声を上げた。

「これは旨《うま》い」

「そら、ありがとうございます」

コンロの前あたりに立った夏神は、笑顔で礼を言った。

一憲は、肉団子を指して言った。

「この肉団子は、とてもいい。外側がまだカリッとしていて、中はとても柔らかい。生姜《しょうが》が利いているから肉の臭みを感じないし、しつこくもない。それに何か……葱《ねぎ》ともうひとつ……何かはわからないが」

「おっ。さすが。味覚の鋭さも血筋ですかね。エノキダケですわ。細こう刻んで、豚ひき肉に混ぜ込んであるんです」

それを聞いて、一憲は驚きと納得を同時に声音に込める。

「エノキダケか！　言われてみればなるほどと思いますが、食べただけではわからないものですね」

夏神は、ちょっと得意げな表情で作業を続けながら、顔だけを上げた海里を親指で指した。

「エノキダケからはええ出汁《だし》が出ますし、繊維質も足せますし、何よりさっぱりしとるんで、深夜に食うても身体に優しいやろうって、イガ……弟さんが考えついたんですわ。確かに軽うて、モリモリ食えます」

「海里が、こんなアイデアを？」

軽く驚いた様子の一憲に、海里は「へへー」と自慢げに、濡《ぬ》れた両手をエプロンの腰に当てた。

「ただでさえ、うちの肉団子は脂身を足したりしないから、市販の肉団子よりずっとあっさりしてる。そこにさらにエノキを足すことで、カロリー大幅ダウンだ。こんな時刻にガッツリ食っちまって……っていう罪悪感が薄れるだろ？」

弟の蘊蓄《うんちく》を珍しく素直に頷《うなず》いて聞きながら、一憲は二つ目の肉団子を頬張った。海里は、得意げに兄に問いかける。

「旨い？　俺が考えた肉団子、そんなに旨い？」

咀嚼《そしゃく》しながら頷いたものの、あまり手放しで褒めては本人のためにならないと思い直したのだろう、口の中のものを飲み下した一憲は、咳払《せきばら》いして、わざとらしい素っ気なさでこう言った。

「あくまでも、調理したのはマスターだろう。俺は、マスターの腕を褒めているんだ」

「ちぇっ。そう来ると思った。けど、サラダとスープは俺だからな！　そっちも旨いだろ？」

「普通にな」

食い下がる弟を、兄は余裕たっぷりにいなす。

「ちぇっ、お堅い性格のくせに、そういう『普通に』の使い方とかはきっちりマスターしてるし。それこそフツーに使ってるし！」

不満げに悪態をついたものの、海里の整った顔に怒りの色はない。兄が「普通に旨い」と言ってくれるだけでも、大したものなのだ。

先日、挙式の代わりに、一憲と奈津、それに母親と海里の四人で入籍祝いのホームパーティをしたとき、海里は自信作のグラタンと唐揚げを持参した。

しかしそのときの一憲の感想は、「まずまず食える」だった。それよりは、「普通に旨い」のほうが、評価は上に違いない。

そのことをネタにして兄をからかってやろうとした海里だが、その代わりに「あっ」と声を上げ、テレビを指さした。

壁面の高い場所に取り付けたさして大きくない液晶テレビには、女性キャスターと向かい合って洒落《しゃれ》たデザインのテーブルについた、痩軀《そうく》と波打つ癖毛が印象的な中年男性が映っていた。

それに気付いた夏神とロイドも、口々に驚きの声を上げる。

それは店の常連客であり、作家を生業《なりわい》にしている淡海五朗《おうみごろう》だった。「ばんめし屋」の面々にとっては、お馴染《なじ》みの顔である。

「あれは、淡海五朗じゃないか？　確か、小説家だろう。作品を読んだことはないが、奈津が、彼の原作をベースにしたドラマを熱心に見ていた。……何をみんなして驚いているんだ？」

一憲も、淡海のことは知っていたらしい。驚く一同に、むしろ不思議そうな顔をした。海里が、慌てて簡単に説明する。

「淡海先生、芦屋市内に住んでるんだぜ。ここによく飯食いに来てくれるし、仕事が忙しいときは、俺、家まで出前したりするんだ」

さすがにそれは知らなかったらしく、一憲は「ほう、この店に」と意外そうな顔をした。

有名な作家ともなれば、もっと市内にいくつもある高級レストランで外食していると思っていたのだろう。

「これ、全国ネットやろ？　東京のテレビの仕事も、最近はしてはるんやな」

夏神も、少し驚いた様子で画面を見上げた。冬でも営業中の店内ではTシャツにジーンズ姿なので、腕組みすると、太い二の腕には見事に筋肉が盛り上がる。

どうやら番組内では、「少女たちの奇抜なファッション」について、女性キャスターと淡海が話し合っている様子だった。

　スタジオ内の大きなモニターには、かなりエキセントリックなメイクやファッション、髪型をした少女たちの写真や映像が次々と映され、五十代くらいの落ちついた雰囲気の女性キャスターは、淡海に話しかけた。

『淡海五朗さんは、先月、「眠り姫の帰還」という小説を発表され、たちまちベストセラーとなりました。これは、十六歳のとき、頭部外傷で昏睡《こんすい》状態に陥った女性が二十年後に目覚め、大人の女性の身体と少女の心とのギャップに悩み、苦しみながら、自分を取り巻くさまざまな問題や人々とかかわっていく……そんなお話です』

　淡海はいつもの糸のように目を細めた温和な笑顔で、うんうんと頷きながら聞いている。

『背伸びしたい年頃の少女の心を持ったまま、実際には背伸びした先にあったはずの大人の自分と折り合っていかなくてはいけない。そんな複雑な少女の心の揺れがリアルだと、この本は、幅広い年代の女性たちに大きな反響を呼んでいます。失礼ながら、淡海さんは大人の男性でいらっしゃるのに、どうしてこうもリアルに少女の心模様を描くことができたのでしょうか。やはり、詳細な取材の賜《たまもの》ですか？』

　淡海はのんびりした笑顔のままで、照れ臭そうに頷く。

『ええ、まあ』

「……海里様、それはもしや、くだんの妹君が小説のモデルなのでは……」

ロイドがヒソヒソ声で囁《ささや》くのに、海里も苦笑いで同意した。

「それ以外の可能性が思いつかないって。半分ノンフィクションじゃねえか。ったく」

実は、立地が「そういう」場所なのか、あるいは、目の前に芦屋川が流れているからなのか、何故かこの「ばんめし屋」には、時折、幽霊が訪れる。

そして、多少の霊感があるらしき夏神と海里、そして本人が眼鏡の化身のロイドには、そうした幽霊が見えることが多い。

そんな店の特殊な環境と、とある事件が相まって、数ヶ月前、淡海には、実は事故死した妹の魂がずっと寄り添っていたことがわかったのである。

それ以来、淡海は亡き妹の魂と肉体を分かち合う状態になったらしく、本人はいたくそのことを喜んでいる。

長らく存在に気付いてやれなかった罪滅ぼしをするかのように、少女のままの妹が喜びそうな店やファッションアイテムの探索に余念がないのは知っていたが、まさか妹をモデルに小説を書き、それがベストセラーになっているとは、ロイドばかりか、夏神も海里も少しも知らなかった。

おそらく、言えばすぐに妹がモデルだとばれてしまうので、さすがの淡海も恥ずかしくてだんまりを決め込んでいたのだろう。

『作中で、実際は三十六歳の主人公が、十六歳の感性で素敵だと思った可愛い服を着て街に出ていき、男子高校生たちから「キモイおばさん」と言われてショックを受けるシーンがありましたね。コミカルでありながら、とても切ないシーンでもありました。確かに私たちの目から見れば、こういう少女たちの服装は、いかにも奇異で、お世辞にも素敵とは思えないんですが、淡海さんはどうお考えですか？』

どうやらこの女性キャスターは、少女たちの風変わりで独創性溢《あふ》れたファッションを、あまり好ましく思っていないらしい。声音には、ちょっとした棘《とげ》がある。

だが淡海は、モニターに映る少女たちを微笑ましげに見ながら、こう言った。

『いいじゃありませんか。大人はいいと思わない。でも、彼女たちはいいと思うから、ああしたメイクやファッションを貫いているんです。僕は、清潔で、健康を害さないものである限り、彼女たちが自分らしくいられる装いをすることに、大賛成ですね』

『あら、そうなんですか？』

意外そうな女性キャスターに視線を移し、淡海は気負いのない口調で話を続ける。

『ええ。大人になると、ああいうファッションは、顔や体型とのバランスを取りにくくなりますからね。何を着てもそれなりにさまになるティーンエイジャーの頃に、若干のやんちゃをするのは、逆にいいことじゃないですかねえ』

まるで、心の中に同居している妹の考えを代弁するように、淡海はそんなことを言った。そして、『ああ、でも』と、悪戯《いたずら》っぽい笑みを浮かべ、人差し指を立てた。

『近しい大人たちが、そうした少女たちのチャレンジ魂を評価しつつも、ネガティブ過ぎないアドバイスをするのは、大事なことだと思います。そんなに厚塗りしなくても、素顔が綺麗《きれい》なのは今だけの特権だよ、とか。足に合った靴を履かないと、将来、外反母趾《がいはんぼし》で苦しむことになるよ、とか。それは、相手を気に掛けているよ、大事に思っているよ、という愛情の表れですから。そのときには反発されても、いつか彼女たちにも伝わります。大人になった彼女たちを、少女時代に受けた愛情が、きっと支えますからね』

まるで妹に言い聞かせるような淡海の言葉に、ロイドは両手の指を組み合わせ、「素晴らしい！」と感じ入ったように溜《た》め息をついた。そして、こんなことを言い出した。

「海里様、わたし、明日《あした》にでも、先だって頂いたお小遣いで、淡海先生のご本を買ってきて読んでみとうございます。ベストセラーだそうですから、すぐそこの小さな書店にも置いていることでしょう」

「マジか！　お前、意外と真面目だなあ」

海里は驚いたが、ほぼ食事を終えた一憲は、さっそく弟に小言を言った。

「海里、お前も小説くらい読め。……しかし、日本語がそれだけ流暢《りゅうちょう》に話せるだけでも驚くのに、小説も読めるとは。凄《すご》いですね」

台詞《せりふ》の後半は、ロイドに向けられた言葉である。

確かにどこから見ても白人男性のロイドなので、一憲が驚くのも無理はない。今のところ、彼の正体を知っているのは、夏神と海里、そして淡海の三人だけなのだ。

当のロイドは、芝居がかった仕草で一礼し、賛辞に応《こた》えてから、少し得意げにこう言い放った。

「わたしは眼鏡でございますが、目とおぼしきものもございますので。小説本など、楽々読めます」

「は？」

「わーっ」

ロイドの言葉の意味がわからず、一憲は不思議そうに首を傾げ、海里は焦って奇声を上げる。

「今のはっ、そのっ、そう、目がいいから、眼鏡がなくても余裕で本が読めるって言ったんだよ！　そう、そういうことっ」

「……なるほど……？」

何故、そんなに海里が必死に取り繕うのかわからず、一憲の首の傾斜がますます大きくなっていく。

それ以上、兄を怪しませないよう、海里は大急ぎで話題を変えた。

「そ、それより！　俺が高校生の頃から家を出るまで、兄ちゃん、毎日のようにガミガミ言ってたよなあ、俺のファッションのこと！　髪を染めるな、安物を着るな、靴の踵《かかと》は踏むな、擦り切れたジーンズは穿《は》くな、他にも色々」

「うっ」

「あれ、淡海先生が今言ってたみたいに、俺のオシャレ観を認めた上でのもっとポジティブな説教だったら、俺も素直に聞いたかもだぜ」

「むむ……」

海里のからかい口調に思いきりムッとした顔つきになった一憲は、眼鏡を押し上げるとキッパリ宣言した。

「何を言うか。よそはよそ、うちはうちだ！」

予想どおり飛び出した、兄の伝家の宝刀のような決まり文句に、海里は「やっぱし言った！」とむしろ嬉《うれ》しそうに笑い、こう付け加えた。

「いいよ、兄ちゃんは相変わらずでも、俺がオトナになったから、あれは愛情だったってことにしとく。弟への、ふか〜い、あ・い・じょ・う！」

「不気味な節をつけて言うんじゃない！」

それが愛情表現であることは敢《あ》えて否定せず、一憲は苦虫を嚙《か》み潰《つぶ》したような顔で、口いっぱいにご飯を頬張る。

そんな一憲のあからさまな照れ隠しに夏神は破顔し、ロイドは彼お得意の慇懃《いんぎん》な上から目線で、「兄上様にご自分から歩み寄られる姿勢、ご立派でございます」と海里を褒め、イラッと来た海里から、肘《ひじ》で小突かれたのだった。

「では、俺はこれで」

食事を終えた一憲は、早々に席を立った。

お代はいいと言う夏神に、また来るからそれはいけないときっぱり拒否して会計を済ませた兄に、海里は小さな紙袋を差し出した。

「これ」

「何だ？」

「奈津さんとお母さんにお土産。さっき兄ちゃんに出した芋ようかんだよ。俺が作った奴」

「すまんな。二人とも、きっと喜ぶ」

海里が作ったと聞いて、一憲は遠慮せず紙袋を受け取った。そして、三人の顔を順番に見て「では」と軽く目礼し、見送りは断って、店の外に出ていく。

しかし、引き戸が閉まるか否かのタイミングで、外から一憲の驚きの声が聞こえた。

「何や？」

飴《あめ》を再び口に入れようとしていた夏神は、驚いて店の入り口のほうに振り返り、海里は半ば反射的に引き戸を開け、外に飛び出していた。

そこにいたのは、一憲ともう一人……一憲よりは一回り小柄だが引き締まった身体つきの、一憲と同年代とおぼしき男性だった。

すこしよれたグレーのスーツの上から、これまたくたびれ気味のベージュのコートを着ている。寒いのに、前は開けたままだ。

短めの髪はきっちり整えておらず、前髪を下ろし気味にしている。あまり、会社員という雰囲気ではない。かといって、肉体労働に従事しているという感じでもないし、アーティストにも見えない。

しかも、表に出た海里を凍り付かせたのは、そんな謎めいた男と一憲が、笑顔で抱擁し、互いの背中を両の手のひらでバシバシと音を立てて叩《たた》き合っていたからである。

(な……何だ？　超仲良し？　こんなに嬉しそうな兄ちゃん、俺、これまでの人生でいっぺんも見たことないんだけど)

海里の後ろから顔を出したロイドと夏神も、思いがけない光景と、初めて見る一憲の全開の笑顔に、驚いて立ち尽くしている。

「スズ、何だお前、こんなところで！」

一憲の上擦った声に、男も弾んだ声音で応じる。

「そりゃこっちの台詞だ！　何だってお前がこんなとこにいるんだよ、一憲！」

お互い、愛称らしきものとファーストネーム呼びである。やはり、相当に親しい間柄らしい。

やがて、啞然《あぜん》としている三人に気付いたのか、抱擁を解いた一憲は、弟の手前、決まり悪そうにコートの皺《しわ》を伸ばしながら説明した。

「いや、俺とこいつは、高校時代の同級生なんだ。同じサッカー部の、俺が副部長、こいつが部長だった。驚いたな。卒業以来の再会なんだ」

「へえ！」

海里はビックリして目を見張る。三人からいっせいに驚きの眼差《まなざ》しを向けられた男は、照れたようにチラと笑って、軽く頭を下げた。

「どうも。仁木涼彦です。そこの芦屋署で……」

「芦屋署？　お前、警察官になったのか？」

自己紹介の最中に、一憲が驚きの声を上げる。男……涼彦は、無精髭《ぶしょうひげ》がうっすら生えているもののなかなかに整った、どこか軍用犬を思わせる精悍《せいかん》な顔を歪《ゆが》めるようにして笑った。

「悪いかよ」

一憲は、慌てて首と右手を同時に振る。

「い、いや！　素晴らしい仕事だと思う。だが……今、帰りか？　遅いな。それに、私服ということは、もしや刑事……？」

「まあ、な。っつっても刑事課じゃなく、生活安全課だけど」

「へー、刑事さん！　つか、あれっ？　兄貴の高校時代の友達ってことは……横浜《よこはま》で一緒だったってことですよね？　何でここで刑事やってるんですか？」

「まあ、そこは色々事情があるんだが……一憲、この人たちは？」

涼彦は、不思議そうに、奇怪な取り合わせの三人を順番に見た。

彼の戸惑いの表情は、当然といえるだろう。大柄な中年男に、今どきの若者に、初老の英国紳士である。共通項を見つけろというほうが難しい。

一憲は、ハッとして簡単に三人を紹介した。

「ああ、悪い。こっちは夏神さん。この定食屋のマスターだ。で、ロイドさん、は、パート店員……？」

「で、ございます。ロイドで結構です。お初にお目に掛かります、仁木様」

「う……うおぅ、日本語ペラペラ……。あ、ど、どうも。で？」

いきなりの丁寧過ぎる挨拶《あいさつ》にのけぞりつつ、涼彦の視線は、海里に向けられる。決して大きくはない切れ長の目は、なるほど刑事というだけあって、やけに鋭い。

一憲は、少し可笑《おか》しそうに海里を旧友に紹介した。

「何度か会ったことがあるだろうが、弟の海里だ。今はこの店で、住み込み店員としてお世話になっている」

するとすると涼彦の目が、いっぱいに見開かれた。バッグを提げていないほうの右手が微妙に持ち上げられ、手のひらが、謎の上下運動をする。

「マジか！　お前があの頃、手を引いて歩いてた、あのチビっ子が？　あの女の子みたいに可愛かったチビが、これ？　嘘だろ。俺よりちょっとでかいじゃないか」

「……ども。弟の海里です。すんません、俺は覚えてません、全然」

いきなり初対面……ではないらしいが、果てしなくそれに等しい人物にいきなり「これ」呼ばわりされて、海里は幾分無愛想に挨拶をする。

さすがに失礼なことをしたと思ったのか、涼彦はすぐに笑顔で詫《わ》びた。

「悪い。あんなにちっこかったんだもんな、俺のこと、覚えてるわけがない。ただ、あまりの成長っぷりに、自分の年齢を思い知ってゾッとしたんだ。人んちの子はすぐ大きくなるってのは、ホントだったんだな」

そう言って笑うと、鋭かった目が細く和んで、急に爽《さわ》やかな印象が増す。今でこそ全体的にくたびれモードが漂っているが、高校生の頃は、かなりの好青年だったことが窺《うかが》えるルックスだ。

夏神も、ようやく大まかな二人の関係性が飲み込めて、笑顔で声を掛けた。

「芦屋署やったら、お隣さんやないですか。よかったら、中で飯食うていきはりませんか？　いや、別に押し売りするわけやないんですけど。今、お客さんおらんので、ゆっくりしてもらえますし」

だが、涼彦は素っ気なくかぶりを振った。

「いや、晩飯は、会社で食ってきてしまったんで」

警察署のことをさりげなく「会社」と表現して、涼彦は一憲を見た。

「ところで、肝腎《かんじん》のお前は何をやってるんだ？」

「ああ、公認会計士だ。今、ここに勤めている。自宅の名刺はこっちだ。か……か、家内、と、母親が同居している」

まだいかにも慣れない様子で「家内」という言葉をモゴモゴと口にして、一憲はスーツの胸ポケットから革製のカードケースを出し、いかにも慣れた様子で二種類の名刺を差し出した。

それを受け取りつつ、涼彦はすかすように一憲の顔を覗《のぞ》き込んだ。

「家内？　結婚してるのか、お前」

「つい二週間前に入籍したばかりだが」

「……へえ。そりゃ……何ていうか、おめでとう、でいいんだよな？」

「無論だ。ありがとう」

少し心配そうに確認する涼彦に、一憲は大真面目な顔で礼を言う。涼彦は呆《あき》れた様子で、一憲の広い背中をバシッと叩いた。

「ばーか、新婚なら、それらしいにやけ顔をしろよ。相変わらず弁当箱みたいにかっちりした顔してっから、不幸な結婚でもしたのかと思ったぜ。お母さんは元気か？」

「ああ、相変わらずだ。で、お前のほうは？」

一憲は、渋い顔で自分の顎《あご》の辺りを撫《な》で、涼彦にも結婚しているのかと暗に問いかけた。涼彦は肩をそびやかす。

「俺？　俺はひとりだよ。予定もない」

「そうなのか」

そんな二人のやり取りを聞いていた海里は、ふと、あることに気づき、思わずパチパチと瞬《まばた》きした。それでも足りず、片手で子供のように目を擦《こす》ってみる。

（……何だ？）

ほんの微《かす》かではあるのだが、再会のバタバタが落ちついたあたりから、涼彦の周囲に、「何か」が見えるのだ。

海里は思わず夏神を見たが、彼は何も見えていないのか、年齢が近い一憲と涼彦の会話に面白そうに耳を傾けているだけだ。

だが、隣に立つロイドは、無言のまま、ただ意味ありげな眼差しを海里に向けてきた。どうやら、海里と同じものを、ロイドも見ているらしい。

(何だ、これ。幽霊……じゃ、ない、よな？)

海里の視線での問いかけに、ロイドは瞬きで頷《うなず》き、自分もよくわからないと言いたげに、小鳥のようなやけに可憐《かれん》な首の傾げ方をする。

この半年、海里は、店を訪れる様々な幽霊を見てきた。

死んだばかり、あるいはこの世に強い執着を残しているせいか、まるで生きている人間のようにはっきり見える幽霊もいれば、残像のように半透明な幽霊もいた。

事故にでも遭ったのか、血だらけの幽霊に驚いて悲鳴を上げたこともあるし、表情豊かな幽霊にも、能面のように無表情な幽霊にも会ったことがある。

ただ、唯一の共通点は、彼らが皆「人間」であることだった。たとえ消える寸前で、身体の一部だけしか見えないような幽霊でも、それが人間であることは疑う余地がなかった。

だが、今、目の前にある「もの」は、人間ではなかった。

涼彦の全身に、ごく微かではあるが、まとわりついているものが見えるのだ。

一瞬、ヘビかと思ったが、彼の太股《ふともも》の辺りから首周りまで緩やかに巻き付いているものは、生き物ではないようだった。

もっと幅が広く、もっと平べったいもの……。

（マフラーだ！）

目を凝らしていた海里は、心の中で指を鳴らした。

それがこの世のものでないことは、半透明の外見から明らかだ。しかしよくよく見れば、わずかに編み目のようなものが見て取れる。それは確かに、毛糸のマフラーであると思われた。

色は、それ自体が半ば透けている上、店の前の暗がりなのでハッキリとはわからないが、幅の太いストライプ模様であるようだ。

（でも……マフラーの幽霊なんてあるのか？　それに何だってそんなものに巻き付かれてんだ、この人？）

謎めいた「もの」の正体がわかったところで、次から次へと新しい疑問が湧いてくる。

おそらく、そんな海里の驚きと戸惑いが、すべて表情に出てしまっていたのだろう。

彼が自分を凝視していることに気付いた涼彦は、苦笑いで海里に声をかけてきた。

「おい、弟。さっきも言ったが、お前はホントにチビだったんだから、俺のことなんて覚えてなくて当たり前だって。そんな必死なツラで思い出そうとしなくていいぞ」

「あ……あ、ああ、いや」

一瞬、涼彦の誤解をそのままにしてやり過ごすべきかと思ったが、海里の好奇心は、ほんの少し自制心を上回っていた。

後先を深く考えることなく、あまりにも直截的《ちょくさい》な質問が、海里の口からポロリと零《こぼ》れてしまう。

「あの……凄《すご》く変な質問だとは思うんですけど、マフラーに特別な思い出とか、あります？」

突拍子もない質問を食らって、涼彦は目を瞬いた。

「マフラーに？　特別な思い出？　何だそりゃ」

困惑の面持ちで問い返され、海里は、やはりこんな質問はやめておけばよかったと臍《ほぞ》をかんだ。ロイドも、やめたほうがと言いたげに、盛んに目配せしてくる。

とはいえ、ここで「何でもないです」と話を引っ込めても時遅しだ。余計に意味がわからず、涼彦が気を悪くするだけだろう。海里は、後悔しつつも話を続けるしかなかった。

「何だそりゃ、ですよね。すみません。だけど……何かありませんか？　えっと、たぶん、くすんだ渋いブルーと、あと緑……カーキ色かな？　そんな二色のストライプの、細めの毛糸で編んだ感じのマフラー」

「！」

海里が目に見えるものをそのまま口にした途端、涼彦の顔色が変わった。

それまでのリラックスした表情はかき消え、警戒の色が顔に漲《みなぎ》る。

「マフラー？　スズはマフラーなんぞしとらんぞ、海里。お前、何を言ってるんだ」

「あっ、いや。その……」

まずいことを口走ったと、海里は今さら頭を抱えたい思いでロイドに救いを求める。

だがロイドは、やれやれと言いたげに首を振っただけだった。

夏神も、ただ不思議そうに海里を見ている。

（ヤバイ。つい言っちゃったけど、何て説明すりゃいいんだよ。マフラーの幽霊っぽいものが巻き付いてますよ、なんて言えないだろ、ほぼ初対面の人に。あああ、俺の馬鹿馬鹿馬鹿！　絶対、頭がどうかしてると思われたぞ）

後悔先に立たずとは、このことだ。

どうやって誤魔化そうかと、海里は頭をフル回転させた。だが、彼が口を開く前に反応したのは、涼彦だった。

しかも彼は、問いを発した海里ではなく、一憲に向かって尖《とが》った声を上げた。

「お前！　弟に何か言ったのかよ！　よりにもよってそんな話を……」

一憲は、面食らって自分自身を指さす。

「俺が？　海里に何を言ったって？　お前の話という意味か？　悪いが、俺はお前の話を海里にしたことはないぞ」

「ない、ないです！　兄貴は関係ないです。その、俺が……ええと、何て言えばいいか」

海里も慌てて弁解しようとする。だが涼彦は、力なくかぶりを振り、片手を上げて海里の言葉を遮った。

「悪い。そうだよな。俺の話なんかわざわざするわけないし、しかもそんな話、一憲にだってしてなかったよな。……いや、でも、だったらどうしてお前が！」

また視線を戻され、涼彦にキッと睨《にら》まれて、海里は思わず一歩後ずさった。職業柄か、涼彦の目には、嘘を許さない厳しさがある。

「あっ、いや、その、馬鹿みたいだと思うでしょうけど、今、俺、目には見えないものが見えてるっていうか」

「目には見えないものが……見えてる？」

「ながーいマフラーがぐるぐるって」

「意味がわからん！　お前の弟は何なんだ、一憲」

涼彦は、片手で額を覆ってしまう。一憲は狼狽《ろうばい》して、旧友と弟を幾度も見比べた。

「何なんだと言われても、俺も何がなんだか……」

「いい。とりあえず、今はこれ以上、この話をしたくない。弟、お前の顔も今日はこれ以上見たくない。……一憲、また連絡するから」

酷《ひど》く投げやりに吐き捨てると、涼彦は持ったままだった一憲の名刺を軽く持ち上げてからコートのポケットに突っ込み、空いた手で海里の肩をグイと摑《つか》んで押しのけた。

そしてそのまま、芦屋川沿いに国道二号線に向かって大股《おおまた》に歩き出す。

「あっ、あの、ちょっと！」

たちまち遠ざかるやや猫背気味の背中を、海里は追いかけようとした。だがそのパーカーのフードを、一憲が大きな手で摑んで引き留める。

「待て、海里」

「んぐっ。や、だって兄ちゃん、俺、あの人に……」

「お前が何を言っていたのか、あいつが何だってあんなに動揺したのか、俺にはさっぱりわからん」

「う、うう」

海里はこわごわ兄のほうを振り返る。

一憲は厳《いか》めしい顔つきをしていたが、幸い、怒ってはいないようだった。むしろ、混乱の度合いのほうが高いように見える。

だが彼は、ジロリと海里を睨みつけ、こう宣言した。

「あいつはいい大人だ、放っておけば落ちつくだろう。連絡するといったらしてくる奴でもある。……だが、問題はお前だ。マフラーだか何だか知らんが、いったい何の話なのか、この際、じっくり聞かせてもらうぞ。でないと、スズが連絡してきたとき、どう対応していいかわからんだろう」

「ええ……っとぉ。信じてくれるかどうか」

「聞いてみないとわからん！　とにかく今のままでは、弟が失礼なことをと、スズに謝ったものかどうかすらわからんじゃないか。……マスター、悪いですが」

皆まで聞かないうちに、夏神は頷《うなず》き、店の入り口に掛けてある「営業中」の札を引っ繰り返してしまった。「ただいま買い出し中」という、この時間帯にはまったくそぐわないメッセージが表に出てくる。

「俺も、詳しく聞きたいと思うとったところです。……イガ、しばらく休憩や。話、中で聞かしてもらうで」

「うう……は、はい」

気の毒そうにチラチラ向けられるロイドの視線を感じつつ、海里はガックリ肩を落とした。そして、猫の子のように兄にフードを掴まれたまま、なすすべもなく店に連れ戻されたのだった。

「この店では、よく幽霊が見えるだと⁉　お前、正気か！」

それは、弟の海里から、「さっき、涼彦の身体に巻き付くマフラーの幽霊が見えた。そもそもこの店では、幽霊がよく見える」と聞かされた一憲の第一声だった。

予想と一言一句違わぬ台詞《せりふ》を吐いた兄の愕然《がくぜん》とした顔を見て、カウンターの椅子に浅く腰掛けた海里は、ガックリ肩を落として嘆息した。

思わず、「デスヨネー」という乾いた相づちが口を突く。

こちらはテーブル席に座った一憲は、腕組みして弟を睨みつけた。

「もっとマシな冗談、あるいは嘘を言え」

四角四面で現実的を絵に描いたような一憲としては、当然の反応であった。

「それが、冗談でも嘘でもねえから困ってんだろ。ついでに言うなら、病気でもないからな。夏神さんもロイドも見えるんだから。お客さんの中にも、たまに見えてるっぽい人がいるし！」

「何だと?」

メタルフレームの眼鏡の奥で、一憲の目が忙しく動く。カウンターを背にして座っている海里には見えないが、おそらく、カウンター内にいる夏神とロイドを交互に見ているのだろう。

「お兄さんは、幽霊とか見えへんほうですか。残念ですねえ」

一憲のために熱いお茶を淹《い》れている夏神は、彼を何と呼んだものかちょっと躊躇《ちゅうちょ》した後、「お兄さん」呼びでそう問いかけた。

特に呼び名は気に留めず、というかそんな余裕がなかっただけかもしれないが、一憲は憮然《ぶぜん》として夏神に言い返す。

「幽霊が見えないほうがおかしいような言い方をせんでください。見えるどころか、幽霊などという非現実的なものを、俺は信じてはいませんよ」

「……非現実的、ねえ」

その断定的な言葉を聞いた夏神は、微妙な顔つきで、横を見た。

そこには、幽霊よりも遥《はる》かに非現実的な「もの」、つまり「眼鏡」が人間の姿でニコニコしているからだ。

しかもご丁寧にロイドの高い鼻筋には、海里に買ってもらったお気に入りの……そしてこちらは本物のプラスチックフレームの眼鏡が載っている。

眼鏡が伊達《だて》眼鏡を掛けてあなたの目の前にいますよ、などと一憲に言ったら、この生真面目な男はどんな顔をするだろう。それを想像しただけで、夏神は、こみ上げる笑いを噛《か》み殺すのにいささか苦労する。

だが、ロイドを人間と信じて疑わない一憲にとって、夏神の鈍い態度は理解不能なものだったらしい。

「何ですか、その反応は」

咎《とが》める一憲の声は、明らかに苛立《いらだ》っていた。

「や、信じへん人に何言うてもしゃーないな、とは思うんですけどね。これぱっかりはホンマやから、これまたしゃーない話なんですわ」

そう言いながら、トレイ片手にカウンターの中から出て来た夏神は、一憲の前に湯《ゆ》呑《の》みを置いた。そして、海里の隣の椅子を引いて腰を下ろす。

「幽霊がおるおらんの水掛け論をやっとったら、朝になっても話が終わらんでしょう。せやから、ここは『今、ここだけルール』を発動させませんか？」

夏神の提案に、一憲は太い眉根《まゆね》をギュッと寄せる。

「今、ここだけルール？」

夏神は、ニッと笑って頷く。

「今、この店ん中に限っては、幽霊を信じてる奴が三に対して、信じへん奴が一、つまり信じる奴のほうが多いわけです。せやから多数決で、『今、ここだけ』では、幽霊は見えることにする」

「いや、だが」

「店を一歩出たら、そんな戯言《たわごと》は忘れてもろて構いません。せやから、『今、ここだけ』では、幽霊はおるっちゅう前提で、話をしませんか?」

「む……」

一憲は、腕組みしたまま低く唸《うな》った。

これが海里の言葉なら、一憲は「馬鹿を言うな」の一言で切り捨てたことだろう。

だが、夏神は自分と年齢が近い上、弟が住み込みで世話になっている店の主人である。海里に対するような高飛車な態度は取れない。

しばらく考え込んでいた一憲は、溜《た》め息と同時に腕組みを解き、軽く両手を挙げて降参のポーズをした。

「確かに、言い合っていても始まらない。妥協しますよ。今、この店においては、幽霊は存在する。あなたがたには見える。だが、俺には見えない」

夏神は目尻《めじり》に皺《しわ》を寄せ、ニカッと笑った。両手で腿《もも》を叩《たた》き、「よっしゃ」と海里を見る。あとはお前が話せ、という合図だ。

「えー、ゴホン。ほんじゃ、本題に移るけど」

海里は無駄に大きな咳払《せきばら》いをして、背筋を伸ばした。いくら和解したといっても、一憲と話すときには、未《いま》だに緊張を隠せない。

「さっきさ、仁木さんと店の外で喋《しゃべ》ってるとき、マジで、非常識なくらい長い毛糸のマフラーが、あの人の身体に巻き付いてるのが見えたんだよ」

海里の話を聞くうち、一憲の眉間《みけん》にはキリリと縦皺が刻まれる。

「俺には、そんなものは見えなかった」

「だから、そりゃ本物のマフラーじゃなかったからだよ。透けてたからわかった」

「透けていた、だと？」

「そ。マジで半透明だったんだ。色とかテクスチャーがギリギリわかるくらい薄かった。この世に、そんな特殊素材の毛糸、ないだろ？　だから、マフラーの幽霊なのかなって思ったんだよ」

「わたしも、同じものを拝見致しましたよ」

自分の正体を、超現実主義者の一憲においそれと明かすわけにはいかない……ということは、無邪気な眼鏡も心得ているのだろう。

だからこそ、それまで彼らの会話に加わらず、カウンターの中で珍しく大人しくしていたロイドが、主《あるじ》を援護したい気持ちを抑えきれなくなったのか、とうとう控えめな声を上げた。

ギョッとした海里は、振り返って目で「余計なことを言うな」と牽制《けんせい》したが、体育会系ゆえ年長者を敬う一憲には、三人の中でもっとも最年長に見えるロイドの発言が、意外なほど有効だったらしい。

「ロイドさんまで……。いや、しかし!」

うっと鼻白みながらも、一憲は最後の砦《とりで》とばかりに夏神に追及の矛先を向けた。

「先ほど店の外で、夏神さんも『話を聞きたい』と海里に言っておられた。つまり、幽霊が見える夏神さんにも、その馬鹿げた半透明のマフラーとやらは見えなかったということなのでは?」

すると夏神は、人差し指で、バンダナに覆われた自分のこめかみあたりを指した。

「頭が硬いんか、霊感がトロいんかはわかりませんけど、俺はこいつらほどは幽霊が見えんのです。せやから、俺に見えんかったからどうこうっちゅう話やないですよ」

「う、ううむ」

「少なくとも俺は、こいつらを信じてます。生涯、いっぺんも嘘をつかん奴はそうそうおらんでしょうけど、こいつらは、遊び半分で誰かを傷つけるような出任せは言わんと思うてますし」

「……………」

一憲の厳しい目が、まずは海里、つぎにロイドをジロリと見据える。ロイドはにっこりして、海里はけんか腰に、一憲を見返した。

しばらく無言の睨《にら》み合いの末、半ば根負けしたような形で、一憲は「わかった」と力なく頭を振った。

「そこも一応、『今、ここだけルール』に含めて、この場でのみ信じよう。だが実際問題、マフラーの幽霊など、存在するのか？　人ですらないぞ」

そこで初めて、海里は不安げな顔つきになり、首を捻《ひね》った。

「んー、それがわかんねえんだよな。ただ……まあ、物に魂が宿ることはあるから」

そう言いながら、海里はさっき夏神がしたように、チラリとロイドを見やる。

「ええ、ございますねえ」

まさに自分のことを言われて、ロイドはサラリと同意する。一憲は目を剝《む》いた。

「何だって、この店にいる人間は、揃いも揃ってオカルト信者なんだ⁉」

「いえいえ、海里様の兄上様。オカルトなどではございませんよ。物に魂を見出《みいだ》すのは、この国の人々が古《いにしえ》より持ちあわせた、美しい心根の賜《たまもの》でございます」

「……古より持ちあわせた？　美しい心根？」

「百鬼夜行絵巻はご存じですか？　器物、特に生活雑貨の類に魂が宿って妖怪《ようかい》と化し、楽しそうに行進している絵が延々描かれた、愛すべき絵巻でございますが」

「ああ！　確かに。そう言われれば、マフラーが幽霊になっても不思議ではない気が……いやいや、それはさすがに不思議だが、いや、しかし、うむ、なるほど」

さすが、前の主人が学者だっただけあって、ロイドは眼鏡のくせに、限られた分野では妙に博識なところがある。

かたやサッカー部副部長を務め、家計を支えるためにアルバイトに勤《いそ》しみ、その上で学校の成績もまんべんなく優秀というスーパー高校生だった一憲なので、海里が「何だそれ？」と目を白黒させた百鬼夜行絵巻についても、ちゃんと知っていたらしい。

妙なところで通じ合い、互いを認め合い始めた二人、いや、一人と一つを横目で見ながら、海里はようやく緊張が解けた口調で兄に問いかけた。

「とにかくさ、そんなに悪いものって感じはしなかったけど、友達がマフラーの幽霊に巻き付かれてちゃ、気になるだろ？　何か、心当たりない？」

「マフラーの幽霊……そう言われてもな」

夏神が出してくれた熱いほうじ茶を一口啜《すす》ってから、一憲は再び腕組みして首を捻った。

「スズとは本当に、高校卒業後、一度も会っていないんだ。二十年近く、連絡すら取っていなかった。正直、あいつについては、今はわかることよりわからないことのほうがずっと多いだろう」

「……それ、変じゃね？」

海里は、すっと通った鼻筋に浅い皺を寄せた。そういう訝《いぶか》しげな表情をしたときだけ、兄の一憲にほんの少し似ている。

一憲は、また不機嫌な表情に戻って、「何が変だ」と弟を問い質《ただ》した。しかし海里も、今度はまったく怯《ひる》まず言い返す。

「だってさ。サッカー部の部長と副部長っていや、パートナーみたいなもんじゃん？　野球で言えば、ピッチャーとキャッチャーみたいな」

「……うむ」

重々しく頷《うなず》く一憲に、海里は勢いづいて言い募った。

「それなのに、卒業してからいっぺんも連絡取り合ってないって、変じゃね？　確かにそれぞれ進路が違ったり、引っ越したりするかもだけど、メアド交換くらいすんだろ、普通。それもしてなかったのか？」

「していないな」

「なんで？　俺も、芸能界に入って、事務所の命令で仕方なく昔の友達とは音信不通になったけど、こっち戻ってきて身バレしてからは、堂々と連絡取ってるし、飲みに行ったりしてるぞ？」

畳みかけるような追及を受けて、一憲の顔が歪《ゆが》んだ。

ロイドも夏神もそこは同様に不思議に思っていたらしく、何も言わないが興味津々の顔つきで一憲を見ている。

実に気まずそうにもう一口お茶を飲んでから、一憲はボソリと打ち明けた。

「仲違《たが》いを……してな」

海里は目を丸くする。

「仲違いって、つまり、ケンカ？　兄ちゃんと、仁木さんが？　いつ？」

「高三の春、ちょうど部活を引退する頃だ。俺とスズは、揃ってJリーグのとあるチームのサテライト……二軍のようなものだな、そこにスカウトされた」

「ええっ？」

海里は驚いて立ち上がった。テーブルに手を突いて、兄の顔を間近に覗《のぞ》き込む。

「マジで!?　俺、そんな話、聞いたことない！」

一憲は弟から目をそらし、苦々しく吐き捨てた。

「言ったことがないからな。お前だけじゃない。お母さんにも言わなかった」

「なんで!?　凄《すご》いじゃん、二軍だって、Jリーグだろ？　受けなかったのかよ、その話。サッカー部にいたってことは、Jリーグに入るって、夢だったんじゃないのか？」

「まあ、それはサッカー少年共通の夢だろうな」

「じゃあ、なんで……。も、もしかして」

「無論、スッパリ断ったからだ。家族に相談するまでもなく、自分で即決した」

「や、なんでそんなにスッパリ……あ……もしかして」

海里の声が、急に勢いをなくす。テーブルから手を離し、背筋を伸ばした彼の顔には、何とも言えない後ろめたさがある。

「もしかしなくても、俺たちの生活のため、だよな?」

一憲は、ごく小さく顎《あご》を上下させた。

「お父さんが遺《のこ》してくれた財産や保険金は、いざというときのためにとっておきたかった。かといって、お母さんのパートの稼ぎでは、一家を養うのに十分とは言えん。なら、俺ができるだけ早く、安定した職を得る必要があった。スポーツ選手では、不安定要素が多すぎる」

「でもそれ、半分以上は俺の将来のためだろ? 俺の学費とか、いつもガバガバ食ってた飯の……食費とか、制服とか、そういう」

海里の声には、隠しようのない罪悪感が滲《にじ》む。一憲は、曖昧《あいまい》な頷き方をした。

「まあ、確かにそれが大きいが、俺自身の学費もあったし、生活費は家族三人全員の分だ。お前のためだけじゃない」

「だけど。俺、兄ちゃんがそんな風に夢を諦《あきら》めてたなんて、知らなかったよ。そんな思いまでして積み立ててくれた大学進学のための費用を、俺、そんなもの要らないとか、酷《ひど》い言い方で断っただろ。……なんか、今さら謝っても仕方ないかもだけど、ごめん。俺、なんか、ホントに」

途方に暮れる海里の半べそ顔を見上げ、一憲はホロリと苦笑いした。そして、自分の差し向かいの席を、太い人差し指で指す。

「いいから、座れ。本当に今さらだ。それに、サテライトチーム入りを断ったのは、俺の性格ゆえのことでもある」

「兄ちゃんの……性格」

「サテライトに入ったからといって、一軍に入れる保証はどこにもないし、たとえ入れたとしても、一流選手としての寿命は、そう長くない。怪我をすればなおさらだ。そんなリスクの多い生き方を選択するには、俺は慎重過ぎた」

言いつけのとおり、海里は一憲の向かいの椅子を引いて座り、まだテンションの落ちたままの声で問いを重ねた。

「それはまあ……納得できる。兄ちゃん、結局大学を出て、公認会計士の資格を取ったんだもんな。すっげえ堅実。ああでも、それが、仁木さんとのケンカの原因？」

海里の質問に、一憲は、今度はハッキリと肯定した。

「そうだ。あいつは当然、俺もその話を大喜びで受けるものと思っていた。俺たちを誘ってくれたチームでは、サテライトでも幾ばくかの給料が出たからな。高校を卒業するなり、給料が入るようになる。夢を叶《かな》えて、家計も支えられるぞとあいつは言った」

「でも兄ちゃんは、目先の金に飛びついて、リスクを取ることはしなかった」

「ああ。スズはそんな俺に失望して、お前は慎重なんじゃない、臆病《おくびょう》なんだと酷く怒った。今にして思えば、二人して、また同じチームで、しかもサテライトとはいえJリーグで一緒にサッカーができる……そう思い込んでいたあいつが、酷く落胆して、傷ついたんだろうってことは理解できる。だが、あの頃はそうではなかった」

「仁木さんに怒られて、兄ちゃんも怒っちゃったんだ？　俺のこと、叱るときみたいに？」

海里は、今まさに自分が叱責《しっせき》を受けているかのように首を縮こめたが、一憲は大きな拳《こぶし》を握り込んで、自分の頬に当てた。

「まるでテレビの青春ドラマだった。帰り道の河原で揉《も》めて、殴り合って……」

「マジか！　今どき、そんなことやる高校生が……って、全然今じゃなかった」

「大昔の話だ。しかもドラマと違って、殴り合いからは何も生まれなかった。高校に入ってから二年あまり、同じ道を共に切磋琢磨《せっさたくま》して走ってきた俺たちが、その瞬間に、決定的に違う人生を選択したんだと、ただそう実感するためのケンカだった」

しんみりした口調でそう言い、一憲は当時の心身の痛みを思い出したのか、拳を開き、手のひらで頰を撫《な》でた。

気の毒そうに聞いていた夏神が、そこで会話に入ってくる。

「ほな、そこで決定的にケンカ別れですか。それまで部長副部長やった二人が」

「まだ部活が続いていれば、仲直りのチャンスがあったかもしれません。しかし引退してしまえば、放課後に顔を合わせる必要がなくなりましたからね。三年ではクラスが違ったので、驚くほどあっさり、俺たちは口をきかなくなりました。……卒業式ですれ違いざまにほんの一言二言、会話したくらいです」

「その頃は、お二人とも神奈川にいてはったっちゅうことですよね。それが二十年近く経って、まさかの芦屋でバッタリ再会っちゅうのも、凄い話ですね」

海里もうんうんと同意する。

「そんな偶然の再会、ドラマでもやらないよ。いくら何でもご都合主義すぎるって。でも、マジなんだよなあ」

「嘘をついてどうする」

やたら感心する弟に、兄はむしろ呆《あき》れ顔をして、硬い背もたれに身体を預けた。

「そんなわけだから、久しぶりに思いがけない場所であいつに会えて嬉《うれ》しかったし、これだけ年月が経てば、お互い、いい歳の大人だ。いつまでもあんな青臭いケンカを引きずってはいなかった」

「ああ、うん」

「それがわかっただけでも、俺は嬉しかった。バッタリ再会して、相手を認識した瞬間、お互い、同時に笑顔になれた。ごく自然に、昔のように背中を叩《たた》き合えた。歳をとるのも悪くないと、初めて思ったよ」

「……うん」

さっき、見たことのないようなはしゃいだ笑顔で涼彦と抱き合っていた兄の姿を思い出すと、海里はギュッと胸を締め付けられるような思いで頷《うなず》いた。

自分にとっては、幼い頃から「保護者」であり、最初から大人であったかのように思っていた、年の離れた兄。

だが彼にも、海里には見せなかっただけで、ちゃんと少年の顔と心があったのだ。

そんな当たり前のことに、これまで気づけなかった自分の幼稚さと愚かさが悔しくて、海里は猛烈な自己嫌悪に陥っていた。

決して育ててくれと頼んだわけじゃないと、海里の心の中の天《あま》の邪鬼《じやく》は未《いま》だに言い張っているが、その声は酷く弱々しい。

それよりもずっと、兄に申し訳ないという気持ちが大きくて、海里は一憲を正視できなくなった。

だが、そんな弟の頭を軽くはたいて、一憲は苦く笑った。

「お前を落ち込ませたくて、こんな話をしたんじゃない。お前が以前に言っていたとおり、夢を諦めたのは、俺が勝手に決めたことだ。お前には関係ない」

「んなわけねえだろ！　ああもう、なんか俺ってクズだな」

「馬鹿者！」

思わず零《こぼ》した海里の嘆きに、一憲はいつもの彼らしい厳しい声を出した。

「う？」

「俺が育てたも同然の弟が、クズであるわけがなかろう。たとえお前自身の発言でも、俺の弟をクズ呼ばわりは許さんぞ」

「……うぉ」

一憲の毅然《きぜん》とした、しかし凄《すさ》まじい弟バカ発言に対して、海里は魂が抜けたような顔になる。

そんな海里とは対照的に、ロイドはカウンターの中から抜けだし、一憲に駆け寄って、その右手を自分の両手でギュッと握った。

「兄上様、このロイド、猛烈に感動致しましたぞ！　何という素晴らしいお言葉。海里様が素晴らしいお方なのは、兄上様のご養育の賜《たまもの》だったのでございますね！」

もはや涙声でまくし立てられて、海里とロイドの関係を知らない一憲は、驚きと戸惑いのあまり、軽くのけぞったまま口をパクパクさせるばかりである。

「こら、感動したんはええから、ちょー、あっち行っとれ。話がややこしゅうなる」

夏神は苦笑いでそんなロイドを一悥から引き剝《は》がし、隣の席に座らせる。

「は、これはまことに失礼を致しました。ささ、どうぞお話の続きを」

眼鏡を外して目頭を押さえながら、ロイドは従順に着席した。

「お……あ、ああ」

すっかり毒気を抜かれた一悥は、弟そっくりの仕草で咳払《せきばら》いすると、「とにかく」と話を仕切りなおした。突然のロイドの行動にただビックリしていた海里も、ゴソゴソと座り直す。

「とにかく?」

「あいつがマフラーの話に、何だってあんなに動揺したのか、俺は知らん。あるいは空白の二十年の間に何かがあったのかもしれんが、再会したばかりだというのに、俺からそんなことを詮索《せんさく》するのは、気が引ける」

「だよなあ……。何だろな、あのマフラー。そんなに悪いものって感じはしなかったけど。なあ、ロイド?」

同意を求められ、ロイドも形のいい顎《あご》に手を当て、ハリウッドスターのブロマイドのようなポーズで答える。

「そうでございますね。祟《たた》りといったようなものは、感じられませんでした。むしろ、温かみのようなものすら……まあその、マフラーだけに」

「…………」

「…………」

「…………」

ロイドの渾身《こんしん》の洒落《しゃれ》を、他の三人は能面のような顔でやり過ごす。そして一憲は、ガックリするロイドを視界の端に捉《とら》えつつも、海里に訊《たず》ねた。

「信じてはおらんが、祟りだと言われるよりは、まあ、マシだな。それより、スズが連絡するといったからには、あいつは必ず近いうちに、俺に連絡してくる。そのとき、その面妖《めんよう》なマフラーとやらの話を蒸し返されたら、俺はどうしたらいいんだ？」

海里は少し迷ったが、結局、こう答えた。

「悪いもんじゃなさそうだし、もし仁木さんが触れられたくない話なんなら、他人の俺たちがこれ以上ほじくっちゃ駄目だよな」

「無論だ」

「だったら、弟が変なことを言って悪かった、何かの見間違いだったみたいだ……で、済ませといてくれないかな。俺からも会えば謝るけど、兄ちゃんから伝えてほしい」

「……それしかあるまいな。お前が常識的な判断をしてくれて助かった」

そう言うと、一憲はすっくと立ち上がった。そして、いつもの彼らしい高圧的な態度で弟を軽く睨《にら》み、こう言った。

「俺は、スズと再会できて喜んでいるし、せっかく同じ街にいるんだから、あいつとの友だちづきあいを復活させられたらと思っている。だからこれ以上、水を差してくれるなよ」

「……アイアイサー」

海里は不細工な敬礼をしてみせ、ロイドと夏神も、承知しましたと言わんばかりに深く頷く。

「あまり遅くなって、自分の留守中に、俺が夜遊びしていると奈津に思われても困る。今夜は、これで失礼します」

そう言って夏神とロイドに軽く頭を下げると、一憲はのっそりと、今度こそ去っていった。

「ええ兄ちゃんやないか」

そう言って海里の肩をポンと叩くと、夏神は店の扉に掛けた札を「営業中」に戻すべく、店の外に出ていく。

「本当に、素晴らしい兄上様でいらっしゃいます。……しかし、あの仁木様のマフラー、悪いものではないと思われるものの、気にはなりますなあ」

ロイドの言葉に、海里も同意した。

「本人も、何か思い当たるふしがあるみたいだったしな。けど、やっぱしああいうプライベートなことは、うかうかと立ち入っちゃいけなかったんだ。デリカシーなかったわ、俺」

反省の大きな溜《た》め息と共に、海里は立ち上がり、椅子をきちんと戻した。そして、いつか涼彦に直接謝る機会が来ますようにと、心の底から願ったのだった。


それから一週間ほど経ったある夜、「ばんめし屋」には、隣の芦屋警察署の刑事とおぼしき男性客が三人、来ていた。

無論、彼らは私服だし、警察という言葉や事件のことを、定食屋で迂闊《うかつ》に口にしたりはしない。

どうしても職場のことを言わなくてはいけないときには、先日、涼彦が言っていたように「会社」という言い回しを使う。会話の中で漏れ聞こえる「係長、課長」といった、いかにも会社員のような肩書きも、おそらく警察内の序列を一般化して言うよう、日頃からトレーニングしているのだろう。

(仁木さんは、生活安全課って言ってたっけ。今日のお客さんは、いかにも刑事課って感じだな)

カウンターの中で、彼らのために小鉢料理を用意しながら、海里はチラチラと三人を観察した。

体格や髪型はそれぞれ違うが、年代はだいたい四十代前半くらい。おそらく事件捜査において、まだ前線でバリバリ働いている人々だろう。

三人揃って、それが制服なのかと突っ込みたくなるくらい、黒い長袖《ながそで》の丸首シャツの上に、ポケットが異常にたくさんついた地味な色のベストを着込んでいる。

それは、かつて刑事ドラマに憧《あこが》れた海里お気に入りの、各地の警察官に密着する実録番組でよく見る、典型的な刑事課の刑事の装いだ。それで、刑事だろうと見当がついたのである。

(刑事ドラマの衣装さんは、あれは本来、釣り人用のベストだって言ってたっけ。釣りをするとき、フライとかルアーとか、そういう小物をいっぱい入れとけるように、ポケットが山ほどついてるんだって。刑事の場合は、何が入ってんだろ)

海里がぼんやりとそんなことを考えていると、三人の他愛ない会話が聞こえてきた。

「こないだ、久しぶりに休みの日に山を攻めてなあ」

「山？　何や、車か、バイクか？」

「違う違う、チャリや。あるやろ、ロードバイクて」

「ああ、アレか。最近よう見る、競輪選手が乗っとるような奴」

「せやせや。ツレに誘われてな。面白そうやし、いっぺん経験しとくんもええ思うて、借りて乗ってみたんや。ほんで、芦屋川のへんから奥池《おくいけ》まで、山道ずーっと漕《こ》いで上がってんけど、そらまあ大変やで。死ぬかと思たわ」

「運動不足なんや。その腹でようチャリなんか乗ったな」

あとの二人は、喋《しゃべ》っている本人の、ベストの上からでもわかるビール腹を指さし、「サイズ的には七ヶ月くらいやないか」と、いかにも中年らしい冗談を言っている。

すると、その腹をさすりながら、体格のいい刑事はこう続けた。

「せやけど、車道を走るのに、あの自転車はなかなか怖いな。実際、油断したら危ないと何度か思うたわ」

「アホ、もうやめとけや。事故ったら、自損でも始末書やぞ」

「やー、ほんまそうやな」

「はは、気ぃつけや。……ああ、始末書言うたら、仁木。またやりよったらしいで、始末書騒ぎ」

(仁木さん？　始末書騒ぎ⁉)

海里の箸《はし》がピタリと止まる。トレイを用意して、料理が出来上がるのを待っているロイドも、主菜の天ぷらを揚げている夏神も、同じく耳をそばだてている気配がした。

そんな店員たちの怪しい態度には気付かず、刑事たちは身内の噂話を続ける。

「仁木て、隣の課のかいな？　あいつ、またかい。今度は誰を殴りよったんや」

（殴った!?　おいおい、何やってんだ、あの人）

　顔を上げるとさすがに気付かれてしまいそうなので、海里は下を向いたまま、ほうれん草の胡麻《ごま》あえをゆっくり盛りつけながら、聞き耳を立てる。

「またストーカーやて」

「はあ……。あいつ、普段はそこそこ温厚でええ奴やのに、何でストーカー相手になると、ヒートアップしてしまうんやろなあ」

「ヒートアップなんて生やさしいもん違うて。ブチギレや。現場行って、ただ取り押さえたらよかったもんを、ボコボコにしかかったらしいで」

「あーあー」

「まあ、今回は周りに仲間がおったから、すぐに羽交い締めにして止めて、大ごとにはならんかったみたいやけどな」

「そらまあ、よかった。弁護士でも呼ばれたらことやで。あいつにも何ぞあんのやろな。あんまし、自分の話はせん奴みたいやけど」

「せやろなあ。わざわざ、自分から生活安全課を希望したっちゅう話やし、何ぞ思うとこがあるんやろ」

　口々に「せやなあ」と言って頷《うなず》き合うと、彼らはそれきりその話題について話すのをやめ、他の二人の趣味に話題は移ってしまう。

（あぁくそ、何だよ、中途半端に聞いちまったら気になるじゃねえか）

海里は心の中で歯嚙《はが》みしたが、まさかテーブルへ行って、「それって仁木涼彦さんのことですか？　もっと詳しく」とせがむわけにはいかない。

「……イガ」

窘《たしな》めるように夏神に低く名を呼ばれ、海里はブルブルと頭を振った。

客の会話を盗み聞きするだけでも失礼な行為なのに、それで気が散って、いいかげんな料理を出してしまったら、それこそ店員失格だ。

気を取り直して、胡麻あえの盛り付けを整え、すりごまをてっぺんに少し追加で振りかけると、海里は「今、小鉢上がります」と三人の客たちに声を掛けた……。


海里が仁木涼彦と再会したのは、それから一週間余り経ってからだった。

昼過ぎ、店の前を海里が掃除していると、芦屋警察署のほうから涼彦が川沿いの道を歩いてきたのである。

やはりあの夜と同じ、くたびれてはいるが、それが妙にかっこよくも見えるスーツにトレンチコートという姿だ。

「あっ！」

涼彦の姿を見るなり、海里はホウキを放り出した。涼彦に駆け寄り、「げ」とあからさまに気まずげな顔をした彼に向かって、膝《ひざ》に額がぶつかるほどの勢いで深々と頭を下げる。

「こないだは！　すいませんでした！」

「……おう」

短く応じたきり涼彦が何も言わず、何のアクションも起こさないので、海里はゆっくり頭を上げる。

すると涼彦は、困った柴犬《しばいぬ》のような顔で突っ立っていた。ショルダーバッグを肩に掛けたまま、柔らかそうな髪をバリバリと掻《か》く。

その身体には、いつぞやの夜のように、あの半透明のマフラーは巻き付いていない。少なくとも、海里の目には、今は見えない。

（んー。明るいせいかな……）

一生懸命目を凝らしていると、涼彦が、何かをボソリと言った。

「……ったな」

「はい？」

聞き取り損ねて首を傾げる海里に向かって、涼彦は少し苛《いら》ついた口調で咳《せ》き込むように同じ言葉を繰り返す。

「参ったなって言ったんだ。お前に謝らせるようなことじゃねえんだよ、あれは」

「や、だけど、せっかく兄ちゃんと再会できて嬉《うれ》しそうだったのに、俺が水を差すようなこと言っちゃったし、怒らせちゃったなって」

「怒ったんじゃねえ、疲れてたからちょっと機嫌が悪かっただけだ。気にすんな。じゃ」

早口で一息にそれだけ言うと、涼彦は逃げるように立ち去ろうとした。だが海里は、咄嗟《とっさ》にそんな涼彦のショルダーバッグの紐《ひも》を摑《つか》んだ。

今度は明らかに苛立った顔つきで、涼彦が海里をギロリと睨《にら》む。

「何だ！　俺に用はないだろう」

「あるよ！」

「だったら早く言えよ。何だってんだ」

「気にすんなって言われてそうですかって何もしないんじゃ、俺が兄ちゃんに顔向けできないだろ」

「んなこたぁ、俺が知るかよ」

「いいから！　今、帰りだろ？　ってか、何？　刑事の仕事って、午前だけの勤務とかあんの？　こんな時間に帰れちゃうわけ？」

不思議そうな海里に、苛つきながらも涼彦は律儀に説明する。

「午前だけじゃない。当直明けだ。一晩働いて、午前も働いて、今、帰りなんだ」

「……当直明けって、普通は朝帰れるんじゃねえの？」

「場合による。引き継ぎに手間取ったり、デスクワークが溜《た》まっていたりしたら、帰りはそれなりに遅くなる」

「へえ。……でも今、とにかく帰りなんだろ？　ちょっと店に寄ってってくれよ」

せがむようにそう言って、海里はショルダーバッグのいかにも丈夫そうな肩紐を引っ張る。涼彦は、名前に反してまったく涼しくない目元を険しくした。

「あ？　何言ってんだ。よく噂で聞くぞ。この店は、夜しかやってないって。今、仕込み時間中だろ？」

「仕込みは今から。その前に、起き抜けだから昼飯作って食うんだ。今日は夏神さんが買い出しに行ってるから、今、誰もいないしさ。昼飯作るから、つきあってよ」

海里はそう言った。本当は、デニムのワークシャツの胸ポケットに眼鏡姿のロイドが入っていて、おそらくは渾身《こんしん》の聞き耳を立てているのだが、それは内緒にしておく。

「お前が？　昼飯を？」

「作るよ！　ぱっぱーっと！　時間取らせないからさ。なっ？」

それでもしばらく渋っていた涼彦は、やがて根負けして、

「……まあ、それでお前の気が済むんなら、一度だけ」と、引きずられるようにして、

店に入った。

「どこでもいいけど、カウンターが喋《しゃべ》りやすいかな。どうぞ」

海里は勝手に座る場所を決めて、カウンターのど真ん中の椅子を引く。

「フレンチレストランかよ」

苦笑いで、涼彦はコートを脱ぎ、隣の椅子に掛けて着席した。煙草の匂いが、ふわっと海里の鼻を掠《かす》める。

構造上、店内は昼でも薄暗い。灯《あか》りを点《つ》け、カウンターの中に入ってエプロンをつけながら、海里は涼彦に訊《たず》ねた。

「仁木さん、煙草吸うの？　うち、基本的に禁煙だけど、今は営業時間外だから、よかったら灰皿になりそうなもん出すよ」

だが涼彦は、ジャケットの腕に鼻を寄せ、首を傾げた。

「煙草臭いか？」

「うん、わりと」

海里が頷くと、涼彦は肩をそびやかした。骨格はしっかりしているが、肉付きがやや薄いので、そんな仕草がなかなか決まっている。

「悪い。俺は吸わないんだが、周りじゅうが喫煙者なんでな。分煙されてはいるんだが、喫煙所ってのは、今ひとつ意味がないんだよ。喫煙所へ行った奴は、十分過ぎるほど煙草臭いまま戻ってくるし」

「あはは、それ、すっごくわかる。でも、そういうの、吸わない人間しかわかんないんだよな。吸ってる本人は、ちゃんとしてるって思ってんだ。夏神さんも、煙草をやめてから、煙の臭さがわかるようになったって反省してた」

「……まあ、俺もだ。禁煙するまでは、煙ごときで大袈裟《おおげさ》なって思ってたもんだ」

「みんな同じなんだな。でも禁煙できてよかったね。やっぱ、口寂しい？　夏神さんみたいに、飴《あめ》食ったりする？」

海里の問いに、ようやく機嫌が直ってきたのか、涼彦は口角を僅《わず》かに上げて答えた。

「俺はガムだな。目が覚める奴」

「へえ、そういうのも色々なんだな」

海里は相づちを打ちながら、冷蔵庫を開けた。

涼彦に偶然出会えたので、咄嗟に昼のまかないをご馳走《ちそう》すると宣言したが、正直、特にプランがあるわけではない。冷蔵庫に残っているあり合わせの食材で、何とかするしかない。

「あ、いいもん見っけ」

そう言って海里がフリーザーから引《ひ》っ張り出したのは、小さな保冷バッグに平たく入れて凍らせた牛挽き肉だった。

それをパキパキブロック状に折って、オリーブオイルを少しだけ垂らしたフライパンで、強火で焼き付けていく。ジューッという派手な音が立ち、肉が焼ける匂いに、涼彦は鹿のように首を伸ばして鼻をうごめかせた。

「牛肉なんて久しぶりだな。豪勢じゃないか」

「残りもんだけどね。いい肉の切り落としたとこを挽いたから、旨《うま》いと思うよ」

焼き色がついたところでひっくり返し、解凍されつつある肉を粗くほぐす。その傍らで、タマネギを粗刻みにして、冷蔵庫にあったベーコンの小さな欠片《かけら》も、コク出しのためにみじん切りにした。

それが済むとすぐ、スパゲティを水と共に専用の容器に入れ、電子レンジに放り込んで茹《ゆ》で始める。

立ち上がり、そんな海里の無駄のない手つきをじっと見ている涼彦に、マフラーの話は自分からは決して出すまいと心に誓いつつ、海里は涼彦の他のことを質問してみた。

「仁木さんさあ、刑事って言ってたけど、生活安全課でも刑事って言うんだ？」

すると涼彦は、タマネギの臭気に目を刺激されたのか、指先で目尻《めじり》を擦《こす》りながら頷《うなず》いた。

「刑事ってのは、刑事事件担当警察官の略称だ。刑事事件を扱うんなら、刑事課だろうと生活安全課だろうと、下っ端はみんな刑事だ」

一息に言い切られて、海里は目を白黒させた。

「刑事事件……担当、警察官？」

どうにかオウム返しすると、涼彦はムスッとした顔のままで頷く。

「つまり、刑事ってなぁ、仕事の内容を端的に表してる呼び名ってだけで、警察組織の正式な階級とは関係ねえんだ」

「ふうん。つまり、スーパーマーケットでたとえりゃ、階級的にはパート、仕事の内容的にはレジ係、みたいなもん？」

「まさにそうだが、何だってスーパーに置き換えるかな」

やや不満げながらも、涼彦は頷く。ふうんと小さく唸《うな》り、海里はさらに質問を繰り出した。

「そんじゃ、仁木さんの階級は？」

「主任……ああっと、つまり巡査部長だな」

涼彦は簡潔に答える。海里はまたしても首を捻《ひね》った。

「んー、それって、どんくらい偉いの？　部長ってついてっから、すげえ偉いっぽいけど」

「別に偉くねえよ。下から三番目、上から八番目だ。つっても、上のほうはいわゆる雲の上って奴だしな。まだ下のほうだよ」

「ふーん。警察の階級ってよくわかんないな。俺、刑事ドラマにすっげー憧《あこが》れてたんだけどさ、いっぺんだけ出してもらえたときについた役は、ヘマやって地回りのヤクザにぶち殺されるヤンキーだったんだよね。ずいぶん長い時間生ゴミに埋もれて耐えたのに、総出演時間が一分あったかなあ、くらいの。切なかったな、あれ」

海里のそんな告白に、涼彦は口元を歪《ゆが》めるように皮肉っぽい笑みを浮かべた。

「目に浮かぶな」

海里は膨れっ面で、フライ返しを軽く持ち上げてみせる。

「ちょっと、笑うの酷《ひど》くね？　確かに、あの頃は髪の毛も茶色くてもっと長かったし、色んな意味で今よりチャラッとしてたけどさあ、俺」

「知ってる」

「へ？」

「こないだ、一憲に改めて連絡したときに、お前の話もあれこれ聞かされてさ。ちょっと興味があったから、非番の日に YouTube で、お前がテレビで料理作ってる動画を一本だけ見た」

調理中なのでそんなことはできないのだが、海里は頭を抱えて床を転げ回りたい衝動にかられる。

「うわあ……よりにもよって、それかよ⁉」

「小洒落《こじゃれ》た野菜をあれこれ使ってたが、結局出来たもんはオリーブオイルでギトギトにまとめた野菜炒《いた》めだったな。あと、何か素晴らしくこっぱずかしい台詞《せりふ》で仕上げをしていたような……」

「あああああ、もういいです！　そのとおりです！　もうやめてあげてください！」

情報番組で料理コーナーを担当していたときの決め台詞、「ディッシー！」を涼彦に言われてはたまったものではないので、海里は突然敬語になって、両の手のひらを涼彦に向け、ワイパーのようにぶんぶん振る。

涼彦は、そんな海里の狼狽《ろうばい》ぶりに、小さく噴き出した。

それは、涼彦が海里に向けた初めての開けっぴろげな笑顔だった。

笑うと目が細くなるせいか、あるいは頬に小さなえくぼが刻まれるせいか、やけに少年っぽい表情になるのが印象的である。

「何だ、そこまでの黒歴史なのか。もっと何本も見てやればよかった」

「ったく！　苛《いじ》めるのはやめてくれよな」

つられて笑いながら、海里は牛肉とタマネギを炒め合わせ、そこに数日前に作ったトマトソースの残りを投入した。

「ニンニク、ちょっとくらいは平気？」

「明日《あした》は非番だから、別に構わねえよ。旨そうな匂いだ」

「実際、旨いの。俺、パスタはちょっと自信あるんだ」

そう言うと、海里は調理台のグラスに差してあったイタリアンパセリをちょっと拝借して刻んでソースに入れ、それからパルメザンチーズをかなり気前よく振りかけた。ぐるっと大きく混ぜると、溶けたチーズがソースのとろみになって、大きな泡がふつふつと液面に湧き上がる。

ちょうど茹で上がったパスタと和《あ》えると、あっと言う間に海里いわくの「混ぜ混ぜミートソースパスタ」が完成した。

あつあつのパスタを、思ったよりスマートにフォーク一本で巻き取って口に運んだ涼彦は、「お、普通にうめえ」と感想を漏らした。

海里は思わず、カウンターに突っ伏す。

「兄ちゃんとまったく同じ褒め方しないでくれるかなあ！　くっそ、二十年ご無沙汰《ぶさた》だったわりに、息ピッタリじゃねえかよ」

「あ？　一憲もそんなこと言うのか。あいつも随分、丸くなったな。昔は、言葉の乱れは生活の乱れ！　とか言ってたもんだが。あの頃は、父親の代わりにお前を立派に育てなきゃって、肩に力が入ってたのかね」

笑い交じりの涼彦のそんな言葉に、海里はまた胸がチリッと痛んだ。

本来なら自分のことだけを考えて無邪気に過ごせたはずの高校時代を、弟のために犠牲にしてくれた兄へのありがたさばかりが募る。

海里の表情から、そういう気持ちを察したのだろう。涼彦は、「足向けて寝られないだろ、あいつに」と笑った。

「ホントにな。つか仁木さんも、兄ちゃんと殴り合いのケンカ別れしたって聞いた」

もぐもぐと大口でパスタを平らげながら、涼彦はもっさり頷く。

「おう。さすがに二十年経って蒸し返すのもアレだから、すっぱり水に流したけどな。こないだ、嫁さんも入れて三人で飲んで、楽しかった」

海里は目を丸くする。自分の分もパスタを作ったものの、食べるより涼彦の話を聞きたくて、手を付ける余裕がない。

「そんなことしたんだ。じゃあ、奈津さんにも会ったんだね」

「おう。予想してたのと違って、背が高くてちゃきちゃきした嫁さんだったな。一憲なら、ちっこくて、うんと可愛いのを貰《もら》うんだろうと思ってたのに」

「あー、それは俺もちょっと思ってた。常時、三歩下がってついてくるような古風な子にすんのかなって。だけど、奈津さんでよかったと思うよ。兄ちゃん、尻に敷かれて、なんか嬉《うれ》しそうだもん」

海里の、絶対に兄には聞かせられない台詞に、涼彦も笑顔で同意した。

「だな。たぶん、自分ひとりで全部背負わなくてよくなって、ホッとしたんじゃねえか。あんな頼もしい嫁さんが、一緒に背負ってくれるんだろ。いい結婚だと思う」

「俺もそう思う。……けどさ、兄ちゃんは言うまでもなく短気だけど、そんな兄ちゃんと河原で殴り合うようなケンカした仁木さんも、短気？」

口の中のものを、海里が出した烏龍茶《ウーロンちゃ》で胃に流し込んでから、いかにも心外そうに、涼彦はフォークの先で自分を指した。

「は？　俺が？　短気？　刑事は根気と我慢が命だぞ。短気でやってられるかよ」

「……そのわりには、ストーカー殴って始末書とか、こないだ噂を聞いたけど？」

何となく雰囲気が和らいだので、思いきって、海里はそう言ってみた。

みるみるうちに、涼彦の表情が険しくなったが、それは怒りというより、気まずさを隠すための顰《しか》めっ面のようだった。

「誰に聞いたよ、そんな話」

「たぶん、刑事課の人。ここで飯食いながら、仁木さんが始末書沙汰って」

「……ったく。こんなとこで、事件と関係なくても、職場の話をすんなっつうんだ。あいつら、無神経だな」

悪態をつきながらも、涼彦はしばらく口を噤《つぐ》んだ。それから、こちらも思いきった様子で、海里に問いかける。

「あのな。こないだの……その、マフラーの話」

「あれは」

「一憲は『弟の見間違いだ』とか言ってたけど、見間違いでマフラーの幻は見ねえよ。よっぽどここに不具合がない限りはな」

自分の頭を指さし、涼彦はじっと海里の顔を見た。その目からは、さっきまでの笑みが拭《ぬぐ》ったように消えている。

海里は、どうしたものかと迷いながらも、刑事に嘘をついても始まるまいと、正直に答えることにした。

「気のせいじゃない。確かに見えた」

「今は？」

「今は……昼間だからかな。わかんないや」

「やっぱ、夜のほうがよく見えるのか？　つか、お前、マジで幽霊全般、見えるのか？」

「まあね。昼間に仕込みをやってるときは、あんま幽霊とか、来ないから。夜はちょいちょい来るんだよ、この店」

「……マジか」

「マジ。俺がおかしいんじゃなくて、マジだよ。兄ちゃんは信じないけど」

「ああいや、俺は信じないわけじゃない。昔、司法解剖の見学に入ったとき、法医学教室のドクターから、病院に出る幽霊の話を聞いた。先輩刑事たちも、見たことがあるって言う人は多い。……死に近いところにいる人たちがこぞって言うんだ、いるんだろ」

涼彦の意外なものわかりのよさに、海里は目をパチクリさせる。食事を再開しながら、涼彦はそんな海里に問いを重ねた。

「細い毛糸で編んだ、ブルーとカーキ色のストライプのマフラーって言ったよな、お前」

「うん。透けてたし暗かったから自信はないけど、くすんだ渋いブルーと、ちょっと優しい感じのカーキ色だったと思う。……仁木さん、身に覚えがあんの？」

「ないこともない、が、そんなものが俺に巻き付いてるんなら、俺は近々死ぬのかねえ」

「ええっ⁉」

突然の物騒な発言を軽く繰り出した涼彦に、海里は目を剝《む》く。思わずカウンターから身を乗り出した海里の額を手のひらでグイと押し戻し、涼彦は海里の顔をつくづくと見た。

「なあ、弟。お前、ちっとも一憲に似てないな」

「はあ⁉」

マフラーの話をもっとしたいのに、突然、顔の話をされて、海里はひたすら面食らう。だが涼彦は、やけに大真面目に海里の顔を隅から隅まで検分し、小さく舌打ちすらした。

「ちょっとくらい似てりゃ、ここに通う楽しみもあるってもんなんだが」

「は？　俺が兄ちゃんに似てたら、なんで仁木さんが楽しみなわけ？」

「何でもねえよ。それよか、次は……」

涼彦が話題を変えようとしたそのとき、ガラリと店の入り口を開け、夏神が入ってきた。

タートルネックにダウンジャケットの重装備で、手には大きな紙袋を三つも提げている。

「おう、ただいま……って、いらっしゃい」

「ああ……ど、どうも」

涼彦は、少し決まり悪そうに立ち上がり、夏神に挨拶《あいさつ》する。海里は、慌てて説明した。

「当直明けなんだって。そこで会ったから、昼飯に俺が強引に誘ったんだ」

するとと夏神は、クシャッと笑って頷《うなず》いた。

「そらよかった。イガの作る昼飯、わりにいけるでしょ」

「……思ったより、だいぶ旨《うま》かった。テレビで作ってた奴は、相当酷《ひど》かったのに」

「わーッ、もういいんだって、その話は！」

海里は半泣きで涼彦を制止した。胸ポケットの中から妙な振動を感じるのは、眼鏡のままでロイドが笑っているからに違いない。

(このやろ！)

海里は布の上から指でピシリと眼鏡を弾《はじ》き、涼彦に向き直った。

「それよか、何？　何か言おうとしたでしょ」

「ああ、いや」

涼彦は椅子に座り、残っていたパスタを一口で頬張って、もぐもぐと口を動かしながら不明瞭《ふめいりょう》な口調で言った。

「次は夜に、客として来るから。……そんときに、もっぺん見てくれ。確かに、俺にマフラーが巻き付いてんのかどうか」

海里は、思わず夏神と顔を見合わせた。

帰ってきたばかりだが、二人が何の話をしていたかは、だいたい察しがついたのだろう。夏神は何も言わず、紙袋を提げてカウンターの中に入り、買ってきた食材の整理を始める。

「ごちそうさん。マジで旨かった。一憲に言っとく。あいつ、喜ぶだろ」

食事を終えて再び立ち上がった涼彦に、海里は戸惑いながら訊《たず》ねた。

「それはいいけど、何かさっき、物騒なこと言ってなかった？　マフラーが巻き付いてるんなら、近々死ぬとか何とか」

だが涼彦は、それについてそれ以上語るつもりは今はないらしく、冷淡に海里の話を遮った。

「それは、もう一度確認してからだ。……一憲に、そういう余計なことは喋《しゃべ》るなよ？　あいつは昔から、心配性だからな」

しっかりと釘《くぎ》を刺して、涼彦はバッグを肩に掛けた。

どうやら、今日のところはこれ以上、話を聞けなそうだ。

海里が諦《あきら》めかけたそのとき、夏神が野菜のパックを鋏《はさみ》で切って開けながら、実にさりげなく涼彦に問いかけた。

「仁木さんは、何ぞ好きな食いもんがあるんですか？」

「え？」

唐突な質問に、涼彦は切れ長の目をパチクリさせる。夏神は、ニッと笑ってこう説明した。

「まだ独り身や言うてはったし、食いたいもんもなかなか食われへんかなと思て。また来てくれはるんやったら、用意しときますって話ですわ」

涼彦は、意外そうに首を傾げた。

「ここは日替わりだけなんだろ？　そんな個別のサービスもアリか？」

プラスチック製のボックスに買ってきたピーマンを移し替えながら、夏神は笑みを深くする。

「うちは、依怙《えこ》贔屓《ひいき》アリの店なんで。俺かイガかロイドがええ人やなーとか、応援したいなーとか思うたら、ちょっとしたサービスが増えることはあります」

「俺はいい人じゃねえし、応援してもらうほどの人間じゃねえぞ」

「警察が隣っちゅうだけで、うちの店の用心はようなってますし、十分にお世話になってます。まあ、ちょっとした恩返しやと思うてもらえたら」

「……なるほど」

「イガの兄さんの友達やったら、ちょっとばかし大事にしてもバチは当たりませんわ」

「そりゃもっともだ」

ようやく納得したのか、妙にはにかんだような笑みをチラと浮かべ、涼彦は少し考えてからこう言った。

「じゃあ、ハ……」

「は？」

海里と夏神の声が……そして実際は、ポケットの中のロイドの声も、どさくさに紛れて綺麗《きれい》に重なる。

だが、幸い、ロイドの声には気付かなかったようで、涼彦はやけに口ごもり、そして、また十数秒ほども口を噤《つぐ》んでから、ようやくこう言った。

「じゃなくて、ホワイトアスパラの缶詰」

「は?」

「へえ」

海里と夏神は、口々に意外そうな声を出した。涼彦は、たちまち眉根《まゆね》をギュッと寄せる。

「何だよ。好きなものを言えって……ああ、定食屋に来て、缶詰をリクエストじゃ失礼ってか?」

海里は慌ててかぶりを振った。

「や、別にそれが好きってんならいいし、失礼じゃないけど、缶詰ならうちで食べなくても、買って帰って家で食べりゃいいじゃん?」

すると涼彦は、どこか恥ずかしそうに、片手で頭を掻《か》きながらボソリと言った。

「いや、そのまま食いたいんじゃねえんだよな。それで、サラダ……とか作ってほしいんだけど」

夏神は、はあはあと小さく頷いて、「どんな奴を?」と訊ねた。涼彦は両手を合わせて浅いお椀《わん》の形を作ってみせる。

「んー、そんな特別な奴じゃなくていいんだ。これくらいのガラスの器にさ、ちぎったレタスを敷いて、その上に千切りキャベツをこんもり、あと、櫛形《くしがた》に切ったトマトと斜めにスライスした胡瓜《きゅうり》……」

「すっげ普通」

思わず素直な感想を漏らした海里をジロリと睨《にら》み、涼彦はさらに続ける。

「あと、これがビミョーなんだけど、モヤシを軟らかめに茹《ゆ》でて、かる〜くカレー味を付けた奴。そこに缶詰のアスパラを三本くらい並べて、あんまりくどくないサウザンドレッシングで食いたいんだ」

「すっげ詳細！」

あまりにも詳しく説明されて驚きの声を上げつつも、海里は電話の脇に置いてあったメモ用紙に、涼彦のリクエストをせっせと書き留める。夏神は笑って、そんな海里を親指で示した。

「サラダは、俺よりイガのほうが上手《うま》いかもしれへんですね。それやったら、アスパラ缶さえ買うとったら、あとはいつもある食材ですし、いつでも作らしてもらいます」

それを聞いて、涼彦はちょっと嬉《うれ》しそうに、そして何故か、少しはにかんだように小さく笑った。

「そっか。楽しみにしてる。……じゃあ、今日はこれで。ごちそうさん」

海里に向けて軽く手を上げると、涼彦は店を出て行った。

海里は、夏神に早速謝る。

「夏神さん、ごめん。勝手なことして」

「ええよ。ちゃんと謝れたんか？」

笑って問いかける夏神に、海里はどこかホッとした顔で頷《うなず》いた。

「うん、まあ。だけど、なんか仁木さん、やっぱマフラーに覚えがあるみたいだ。それも、わりと不吉な感じで」

「……そうなんか？」

「うん。それにさ、さっきの。何か変じゃなかった？」

つい自然に声をひそめた海里に、夏神も容器に入りきらないピーマンを片手に持ったままで唸《うな》った。

「確かにな。あのサラダ、描写がちょっと詳細すぎたわな。……思い出の味なんと違うか？　それこそ、お母さんが作ってくれた、とか」

「かも。だけどその前に、『は』って言いかけて、言葉を飲み込むみたいにしてやめただろ？　何だろな。何かが引っかかるんだ」

そう言って、海里は「ここに」と言いたげに、心臓の上あたりを軽く叩《たた》く。

「ようわからんけど……定食屋の亭主の勘としては、何ぞあるな、あの人には」

夏神のそんな台詞《せりふ》に、海里も、もう一度胸を少し強めに叩き、こう応じた。

「定食屋の住み込み店員の勘としても、何かあるよ」

『定食屋の眼鏡としても、何やら胸騒ぎを覚えますなあ』

海里のシャツのポケットから、ロイドまでが同調する。

「……お前らはホンマに、めんどくさいコンビやな」

呆《あき》れ口調でそう言い、夏神は素手でピーマンを割った。そして、水洗いしたそれで、
海里がフライパンに少しだけ残していたミートソースをすくって頬張り、「お、いける」とギョロ目を丸くした……。

三章　遠い日の傷

　その二日後の午後、海里は店の仕込みを終えた後、JRで二駅の距離にある実家へ向かった。

　開店までの短い時間を利用しての外出だが、一憲から「母親が海里のことを気に掛けている」と聞いたからには、一度、たとえほんのひとときでも、顔を見せておきたかったのだ。

　先日、一憲と奈津の入籍祝いのホームパーティで会っているとはいえ、それはあくまで「お呼ばれ」であって、海里が自発的に実家に来るのは、芸能界を追放されてこちらに戻ってきたとき以来だ。

「この前はお祝いの席だからってスーツで来てくれたけど、今日のその服装が、いつもの感じなの？　ずいぶん、テレビに出てた頃と雰囲気が変わったわねえ」

　玄関で、海里が靴も脱がないうちに、母親の公恵《きみえ》は息子の顔に両手でぺたぺたと触れ、感慨深そうにそう言った。

海里は、思わず自分の全身を見回す。

ドレスアップする暇も惜しかったので、エプロンを外しただけで、店で仕事をするときの服装そのままで来てしまったのである。

それでも、Tシャツの上にチェックのネルシャツを重ね、下はジーンズといういつもの装いの上から、少し奮発して買ったネイビーのピーコートを着込んでいるので、いつもよりはマシだと思うのだが、改めて指摘されると、少し不安になる。

「全体的に、ビンボー臭くなったって意味で？」

「さあ、それはどうかしら。でも、お母さんは今のほうが好きよ。なんだか、春から今までの間に、あんた、とっても落ちついた気がする」

そんな母親ならではの鋭い感想に、海里はホッと胸を撫《な》で下ろした。持参した小さな紙袋を胸の高さまで持ち上げ、ちょっと照れ臭そうに笑う。

「落ちついたよ。なんとビックリ、実家にお土産なんて持参しちゃってるしな。仕事の合間だから、あんま時間はないんだけどさ。ちょっとだけ上がっていい？」

「当たり前じゃないの！　ああ、今日は奈津さんも家にいるのよ」

そんな公恵の言葉に、海里は意外そうに目を丸くする。

「奈津さんも？　仕事は？」

「当直明け。だからまだ寝てるの。静かにしてあげて」

「あーなるほど、了解」

海里は頷《うなず》いて、バスケットシューズを脱いだ。

そんな短いやり取りから、母親と奈津の、いわゆる嫁姑《しゅうとめ》の間柄が円満であることが感じられる。

母親は極めて温厚な性格だし、奈津は裏表なくサバサバしている一方で、日頃、獣医として言葉を話せない動物たちの相手をしているせいか、細やかな気遣いもできる。

おまけに、共通の「問題児」として一憲と海里という兄弟がいるので、その二人の話題で、打ち解けるのも早かったようだ。

たまにしか会わないので余計にわかるのかもしれないが、一憲と二人暮らしだった頃より、公恵は何だか生き生きして見えた。

「次はさ、ちゃんと休みの日に晩飯食いに来るから。今日は何も要らないよ」

天井が高いせいか、実際より広く感じられるリビングルームのソファーに腰を下ろし、海里はそう言った。

だが、公恵は、「そんなこと言わずに。お茶くらいは飲んでいけるんでしょう？」と言うなり、返事も待たずにキッチンへ行ってしまう。

「お茶だけでいいよ、マジで」

そう声を掛けておいて、海里はつくづくとリビングの中を見回した。

この前来たときは、パーティ料理の支度に忙しかったし、食後早々に一憲とケンカしてしまったので、あまり落ちついて部屋の中を見る余裕がなかった。

こうして明るい光の中で見ると、あまりにも見覚えのないものばかりで、海里は少しだけへこんでしまう。

高校卒業後、海里が東京へ出奔した後に、一憲が公恵の老後のことを考え、内装全般をバリアフリーにリフォームしたらしい。

海里が知っているこの家は、亡き祖父母の前の住人が外国人だったこともあり、ほんの少し洋館の匂いがする、いかにも神戸らしい住まいだった。

真鍮《しんちゅう》のドアノブが少し高過ぎる位置についているのも、風呂《ふろ》が洋風で、バスタブが猫足であったのも、やや不自由ではあったものの、気に入っていた。

このリビングにも、もはや煙突が潰《つぶ》されていて使えなかったが、本物の暖炉があったりして、何ともノスタルジックな異国情緒が家じゅうに漂っていたのである。

だが今、室内の様子は、よくある建売住宅そのものだ。

塗り壁はメンテナンスが簡単な壁紙に替わり、シックな無垢《むく》の板が張り巡らされていた床は、床暖房を仕込んだ明るい色のフローリングになっている。

天井から下がっていた瀟洒《しょうしゃ》だが薄暗かったシャンデリアは取り外され、新しく取り付けられたのは、浅いドーム型のＬＥＤ照明だ。

（はー、ロマンもへったくれもねえな）

いかにも質実剛健を旨とする一憲らしいリフォームだと、海里は柔らかなソファーにふんぞり返って溜《た》め息をついた。

無論、実際にここで暮らす母親が快適だと喜んでいるのだから、海里が口を出すことではない。

とはいえ、東京にいた頃、「実家」として時々思い出していたものが、自分が知らないうちにすっかり様変わりしていたというのは、どうにも切ないものである。

家出同然に飛び出しただけに、「一言相談してくれても」などと文句は言えないあたりも、余計にやるせなさを増す。

（この有り余るほどのデリカシーを、兄ちゃんにも分けてやりたいよ）

そんなことを海里が考えていると、リビングの扉が開いて、ジャージ姿の奈津が入ってきた。

部屋着にノーメイク、髪も無造作にうなじで結んだだけという、海里が初めて見る義姉《あね》の素の姿である。

「ふわあ……あ、あああっ、海里君!?」

大あくびをしながら入って来た奈津は、ソファーに海里の姿を見つけるなり、文字どおり悲鳴を上げて飛び退《すさ》った。

まさに驚いた猫のようなアクションに、海里は思わず声を上げて笑ってしまう。

「ちょ、奈津さん、すっげーでかい口だった！　食われるかと思った」

「も、もう、何よ、来るなら来るって言ってよ。起きたそのまんまで下りてきちゃったじゃない！」

あまりの慌てっぷりに、海里はまだ笑いながらも、奈津を宥《なだ》めようとした。

「ちょっと顔出すだけのつもりだったんだよ、今日は。てか、ここは俺の実家でもあるし、奈津さんと俺はもう家族なんだから、スッピン見たっていいんじゃね？　その分だと、兄ちゃんは勿論《もちろん》として、お母さんにも見せてんだろ？」

「それは……そうだけど。もう、こんなときだけ弟ぶるんだから！」

まだむくれ顔の奈津の声を聞きつけたのか、公恵はキッチンから顔だけ出した。

「あら、奈津さん、おはよう。今、海里にお紅茶淹《い》れてるけど、奈津さんも飲む？」

「おはようございます、お義母《かあ》さん。じゃあお手伝い……」

「いいのいいの、こんなことにお手伝いは要りません。起きたばっかりでバタバタせずに、海里と座ってらっしゃい」

そう言うと、公恵はまたキッチンに引っ込んでしまう。

はあい、と返事をして海里の隣に腰を下ろすと、奈津ははにかんで肩を竦《すく》めた。

「甘えちゃってるの」

どこか秘密めかして言う奈津は、やけに嬉《うれ》しそうだ。普段から化粧が濃いほうではないが、それでもまったくのノーメイクだと、彼女の顔はいつもよりむしろ若く見える。

「別にこの程度、甘やかしに入らないだろ？」

海里はそう言ったが、奈津は真顔になってかぶりを振った。

「施設では、誰かひとりを特別扱いすることは決してないから。こんな風に私個人を甘やかしてくれる人は、この世に一憲さんとお義母さんだけよ」

「あ……そっか」

奈津が施設育ちだったことを思い出し、海里は少し気まずそうな顔をする。だが奈津は、屈託なくこう続けた。

「そんな顔しないで。もう、昔のことだし」

自分が気を遣うと、奈津も過去のことを話しづらくなる。それに気付いて、海里は敢《あ》えて明るい声で言った。

「それもそうだよな。つか、何なら、俺も甘やかそうか、奈津さんのこと？　具体的にどうすりゃいいのかわかんないけど」

「何言ってんのよ。海里君は義弟《おとうと》なんだから、私に甘やかされる係に決まってるでしょ」

「おおう……。あのさ、正直言うと、俺も『あからさまに甘やかされる弟』ってのは初めてのポジションなんだけど、具体的に何してくれる予定？」

「あ、そっか。一憲さんの甘やかしって、わかりにくいものねえ」

「そうそう。もっと素直に、真っ正面から甘やかしてくれてもいいのにさ」

「ねえ。たとえば、具体的に……こう、なでなで、とか？」

そう言いながら、奈津は本当に手を伸ばし、海里の短く整えた髪を撫《な》でる。海里は焦って軽くのけぞり、奈津の手から逃げた。

「いや、それはこの歳になるとさすがに照れるから、やめてくんないかな！」

「遅すぎたかー。一憲さんが、海里君がもっとちっちゃい頃にやっといてくれたらよかったのにね」

「いや、俺を撫で回す兄貴とか、想像しただけで気持ち悪いから！　無理！」

一憲がこの場にいたら、顔を真っ赤にして「お前たち！」と怒り出しそうな会話をしながら、奈津と海里はクスクス笑う。

「私、捨て子だったから、親の顔をまったく知らずに育ったでしょう？　だから、結婚して初めて、お義母さんっていう親が出来て、娘になれたのよ。娘って、こんなに素敵なポジションなんだって、初めて知った」

笑顔でそんなことを言う奈津を、海里は眩《まぶ》しそうに見た。

海里自身も物心つく前に父親が死んで、いわゆる父の思い出というのは皆無に等しい。

そんな自分を不幸だと思ったことは何度もあるし、小学校の父親参観日や運動会の日などは、他のクラスメートたちがごく当たり前のように「お父さん」と笑い合っているのを、実に羨《うらや》ましく妬《ねた》ましく、横目で見て過ごした。

だがそんな海里にも母と兄がいて、学校行事には、忙しい仕事や学業をやりくりしてどうにか時間を作り、顔を出してくれていた。

それなのに、そんな母や兄の思いやりや苦労には気付かず、自分ひとりが不運で不幸だと思っていた。

一方で奈津には、自分を特別扱いしてくれる家族が、誰ひとりいなかったのだ。それどころか、自分がどこの誰なのかすらわからないまま、これまで生きてきた。

そんな奈津が、一憲と結婚したことで「家族」ができたこと、自分がようやく誰かの「特別」になれたことを、これほどまでにまっすぐ喜んでいるのを目の当たりにして、海里は自分が恥ずかしくてたまらなくなったのだ。

シャツの胸ポケットの中で、ずび、という小さな音がして、海里はギョッとした。

例によって、眼鏡の姿でこっそり同行しているロイドが、奈津の言葉に感極まっているに違いない。

海里は慌てて胸ポケットを片手で押さえたが、幸い、奈津はロイドの立てた音に気付かなかったようだ。

そこへタイミングよく、「楽しそうねえ」と言いつつ、その実、自分がいちばん楽しそうな顔の公恵が、トレイを持ってやってきた。

二人の向かいの一人掛け用ソファーに座り、重ねて運んできたソーサーにカップを載せてそれぞれに手渡しながら、公恵は海里によく似たほっそりした顔をほころばせ、こう言った。

「私も、一憲が結婚してくれて初めて、女の子の母親になれたのよ。お互い初めてで、新鮮よね？」

「はい、とっても」

公恵の問いかけに、何の迷いもなく奈津は同意する。

「一憲は、そんなのは家族ごっこだ、なんて可愛くないこと言うけど、家族ごっこでいいじゃないの。ねえ？」

「はい。それを言うなら、私と一憲さんだって、まだ夫婦ごっこの段階ですもん。大事なのはこれからですよ」

「そうそう、これから！　こういうことは、時間がかかるのよ」

そんな公恵と奈津のやりとりを聞いているうち、海里の心の中には、生まれて初めて、兄への同情心がむくむくと湧いてきた。

(兄ちゃん、一つ屋根の下で、この二人を相手に頑張ってんのか……。結婚って、ある意味苦行だな)

この分だと、一憲がいつものようにシニカルな言葉を一つ口にしただけで、きっと二人がかりで十倍くらいやり返されているのだろう。

これまで長男に遠慮してどこか萎縮《いしゅく》気味だった公恵が、今は妙に生き生きして見えるのは、奈津という加勢を得たからかもしれない。

(でも、家の中が明るくなった気がする。お母さんがこんなに楽しそうなの、いつぶりだろ)

まだ家族ごっこ、夫婦ごっこの段階とは言うものの、奈津がこの家に新しい風を連れてきてくれたことだけは確かだ。

そのことを、海里は心からありがたいと思った。

だが、あまりこの話を引きずっていると、また感動屋のロイドが、ポケットの中で泣きだしかねない。

海里は話題を強引に切り替えることにして、持参の小さな紙袋を母親のほうに押しやった。

「ああ、これ。今日はちょっと早めに起きて、ソッコーで買いに行ってきたんだ。少しだけど」

「あら、ありがとう。なあに?」

公恵は紙袋を膝《ひざ》の上に載せ、中身を取り出してテーブルの上に並べた。

それは、三種類のクッキーだった。

それぞれのパッケージはとても小さくて、包装も、厚紙と透明の袋、それに「Feu」と書かれたごくシンプルなシールが貼ってあるだけの極めて簡素なものだ。

中には、これまたシンプル極まりない、分厚くて四角いクッキーが、まるで子供の積み木のようにぎっしり、かつ整然と詰め込まれている。

奈津も身を乗り出して、三つのパッケージを見比べる。

「美味《おい》しそう! 『Feu』っていうのが店名? 聞いたことないわ。どこのお店?」

「へへー。これ、知り合いの小説家の先生に教わったんだけど、うちの店から阪神電車で一駅んとこにある、ちっちゃい店の奴なんだ。今日はとりあえず、看板商品っぽいのを買ってきた」

海里は、どことなく自慢げに胸を張って説明した。奈津は、「開けていいですか?」と公恵にことわってから、いちばん手前にあったパッケージを早速開ける。

まずは公恵に一つ、海里に一つ、それから自分も一つ取って口に放り込んだ奈津は、

「わあ」と素直な驚きを口にした。

「ほろって崩れた！　きなこの味が凄《すご》い。軽くて、ほんのり甘くて優しくて、美味しい！　ただし、お茶がないと喋《しゃべ》れなくなりそうだけど」

そう言いながら、何も入れないままの紅茶を啜《すす》る奈津に、公恵も片手で口を押さえながら、頷《うなず》くことで同意する。

「私も買いに行こう。ここ、他にも色々あるの？」

奈津に問われて、海里はへへ、と悪戯《いたずら》っぽく笑って頷いた。

「早く行けば、それなりに。けど、気をつけないと、基本的に週イチしかやってないんだ、この店」

「それって、今日……ええと、水曜日だけってこと？」

「そ。住宅街の中の普通の家の一室を、半日だけ店として使ってる感じかな」

「わあ、そりゃ知らないはずだわ。その小説家先生って、凄い情報通なのね」

感心する奈津に、海里は曖昧《あいまい》に頷いた。

「んー、まあ、情報通っていうか、事情があって女子力高いっていうか。気に入ったら、次もまた買って来るよ」

「次は、お友達の分もお願いしちゃおうかしら。……でも、お茶のお代わりがほしくなるわね、これ。ちょっと淹れてきましょうね。いいわよ、喋ってて」

公恵は立ち上がろうとした奈津を素早く制して、キッチンへ戻っていく。

二人になったところで、海里は思いがけなく会えたことだしと、先日のことを奈津に訊《たず》ねてみた。

「こないだ、兄ちゃんと奈津さんと仁木さんで飲んだんだって？」

奈津は一瞬キョトンとしたが、もう一つ摘《つ》まもうとしたクッキーを持ったままで頷いた。

「ああ、そうそう。そうなの。海里君のお店の前で、ほぼ二十年ぶりに感動の再会だったんですって？　凄い偶然よね」

海里も笑って同意する。

「だよなあ。つか、兄ちゃんが神奈川からこっちに越してきたのはただの引っ越しだけど、仁木さんはなんでこっちに来たんだろ」

「あら、知らなかった？　仁木さん、高校卒業後すぐ、関東のプロサッカーチームの……ええと何だっけ、二軍……」

「サテライト」

「ああ、それ。それに入って」

「高校んとき、兄ちゃんと二人とも誘われて、兄ちゃんは断ったけど、仁木さんは結局、そのオファーを受けたんだ？」

奈津は頷いた。

「わりと早い時期に一軍に上がったんだけど、すぐ大阪のチームに移籍することになったんですって」

「ああ、じゃあ、こっちのチームで活躍してたんだ？　俺、あんまサッカーに興味なかったから、よく知らないけど」

するとと、奈津は気の毒そうに目を伏せた。

「それがね、第一線で活躍できたのは短い間だけだったみたい。試合中に靭帯《じんたい》を切ってしまって、その傷が思うように回復しなかったって聞いたわ」

「じゃあ、そのまま引退？」

「ええ。刑事を志したのは、引退後だって言ってた。偉いわよね、すぐに第二の人生に向かって歩み出せるなんて」

感心する奈津に対して、海里はやや怪訝《けげん》そうに首を捻《ひね》る。

「俺なんか、番組をクビになって、超ヤケクソになっちゃった経験があるからさ。確かに、すぐに次の目標を見つけたのはすっごく偉いけど、なんで刑事なんだろ？」

「ああ、それは一憲さんも不思議に思ってたみたい。警察官になりたい、まして刑事になりたいなんて、高校時代は一言も言ってなかっただろうって突っ込んでたわ」

海里は、我が意を得たりと言わんばかりに手を打った。

「あ、やっぱし、サッカー選手と並んで、刑事が元からの夢ってわけじゃなかったんだ。そんで、仁木さんは何て？」

一憲と涼彦の会話を思い出すように、宙に視線を泳がせた奈津は、ああ、と小さく手を打った。

「そう、ちょっと変な言い方してた」

「変な言い方？」

首を傾げる海里に、奈津はこう言った。

「刑事になったのは、とある女の人への罪悪感からだって」

「とある女の人って……彼女ってこと？　元カノ？　それとも奥さん？」

「やっぱり兄弟ね。似てないと思っても、どこか似たところがあるんだわ。一憲さんも、そっくり同じ質問をしてたもの」

奈津は、そんなことを言ってふふっと笑う。海里はちょっと嫌そうな顰《しか》めっ面をしながらも、先を促した。

「普通、そう思うでしょ。そんで？　仁木さん、何て？」

すると奈津は、「そこが変な言い方だったのよ」と前置きして、慎重に記憶を辿《たど》りながらこう答えた。

「確か仁木さん、『別に恋人とか片想いの相手とか、そんなんじゃない。ただ、俺にとっては母親を除けばたったひとりの、気を許した女の人だったんだ』って言ってたの」

海里の眉根《まゆね》が、ギュッと寄る。

「親を除けばたったひとりの、気を許した女の人？　すっげーもってまわった言い方するんだな、仁木さん。それって、どういう存在？」

「さあ、私にもわからないわ。恋仲じゃない、ただの女友達でいいんじゃないのって訊ねたら、そういうのとは違うって言ってたし」

「女友達じゃない？」

「ないみたいだったわよ。それ以上は、何も言ってくれなかったし、言いたくなさそうだったから追及はしなかったけど」

「ふうん……。仁木さんにとってのその『たったひとりの気を許した女の人』ってのが誰か、兄ちゃんは心当たりないの？」

　奈津は小さくかぶりを振った。

「少なくとも高校時代、校内に仁木さんの彼女はいなかったそうよ。ちょっとよれてるけど今でもかっこいいから、高校時代はきっとモテたと思うし、実際そうだったみたいなのに」

「モテまくってたのに、彼女なし？」

「ですって。よっぽどサッカーに打ち込んでたのね」

「へぇえ。まあ、見たとこストイックそうだもんな、仁木さん。堅物の友達は、やっぱ堅物かあ」

妙に感心したような口ぶりでそんなことを言う海里に、奈津はクスクス笑った。

「確かに、あの二人が高校時代の思い出話をしてるのを横で聞いてたら、サッカーと試験と学食と購買の話ばっかり」

海里は、思わずふふっと笑った。

「何だよ、コイバナ、一切なし？」

「なし。色気の欠片《かけら》もなかったわ」

そう言って笑う奈津を、海里はニヤニヤ顔でからかった。

「でも、よかったじゃん。奈津さんがヤキモチ焼くような話がなくてさ」

すると奈津は、複雑な面持ちで肩を竦《すく》めた。

「どうかしら。確かに恋の話はなかったけど、私が知らない一憲さんの十代の頃を知ってる人がいるってのは、少し妬《や》けるわよ。そこは男女関係なく」

「……何だよ、それって結局、そんだけ兄ちゃんが好きってのろけじゃん」

「そんなつもりじゃないけど！」

素っ気なく言葉を返しながらも、奈津の目元はうっすら赤らんでいる。

「はいはい、新婚さんだもんね。ご馳走《ちそう》様。……あ、そろそろ俺、戻らなきゃ」

さらにからかいつつ、ふと腕時計に視線を落とした海里は、時刻を確認して軽く焦って立ち上がった。

リビングには早々に灯《あか》りがついていたので気付かなかったが、見れば、窓の外は暗くなりかけている。

あと小一時間ほどで、「ばんめし屋」が開店する時刻になってしまう。

夏神は、「別に店開けたばっかりは客の入りも大したことあれへんし、ゆっくりしてきいや」と言ってくれたが、店員としてはそれに甘えるわけにもいかない。

「お母さん、俺もう行くから、お茶のお代わりは奈津さんとゆっくり楽しんで！」

キッチンに向かって声を張り上げると、彼はソファーの背もたれに掛けてあったコートを引っ摑《つか》み、大股《おおまた》に玄関へと向かった……。


奇《く》しくも、仁木涼彦が「ばんめし屋」を訪れたのは、その夜、日付が変わってすぐの頃だった。

「……どうも」

いつものように挨拶《あいさつ》代わりの一言をボソリと口にして、涼彦は他の客がいるテーブル席を避け、入り口近くのカウンター席に落ち着いた。

外が寒いので、水と一緒に熱いお茶の湯呑《ゆの》みを涼彦の前に置き、海里は、快活に挨拶をした。

「いらっしゃい。今仕事帰り？　遅いね」

涼彦は、脱いだトレンチコートをざっくり畳みながら頷《うなず》いた。

「ああ、溜《た》まってたデスクワークを片付けてたら、こんな時間になっちまった」

それを聞いて、海里は意外そうな顔をした。

「デスクワークって……。刑事さんって、そんなにデスクワーク多いの？　それとも、仁木さんが苦手なだけ？」

「ばーか。あんまり、他に人がいる場所で、でかい声で刑事って言うな」

小声で海里を咎《とが》め、それでも涼彦は律儀に答えた。

「俺たちの仕事といえば捜査活動ばかり紹介されるが、本当に大変なのは書類作成だ。どんな仕事をしても、その過程と結果を書類にして残す義務がある。結構な量だぞ」

「へえ……」

「あと、ちょっと気になるストーカー案件があってな。被害者女性から、いつ連絡が入るかわからんから、出来るだけ遅くまで職場に詰めるようにしてるんだ」

涼彦は、熱々のお手ふきで気持ちよさそうに手を拭《ぬぐ》いながら、そんなことを言った。

「ああ、ストーカーって……やっぱ多い？」

「そうだな。常に何件か抱えている感じだが、今は、その案件がいちばんまずい。過去にいっぺん、留守中に家宅侵入されて、盗聴器を仕込まれたことがあるんだ」

「げ、本格的じゃん。ヤバイな。引っ越しとか、したほうがいいんじゃないの？」

「それは、こっちが強制できねえだろ。それに、そういう奴は、どこへ引っ越しても追ってくるもんだ。最近は、ネットで人捜しを掛けると、あっという間に所在が知れちまう。世の中は、お節介な奴だらけだ」

「あーあー……。被害者の人も大変だけど、仁木さんも大変じゃん」

海里は壁掛け時計を見て、心配そうに涼彦に訊《たず》ねた。

「終電もうないけど、家、帰れんの？」

「心配ない。歩いて帰れる」

「近いんだ？」

「ギリギリ歩いて帰れる距離だ。川沿いの古いマンション……阪急《はんきゅう》芦屋駅より、もう少し北側の」

「ふーん。確かに、ちょい遠いけど、歩いて帰れる範囲ではあるか。あ、今日、日替わりがクリームシチューだから、ご飯かトーストを選べるんだけど、どっちがいい？」

海里が訊ねると、涼彦は少し考えて「トースト」と簡潔に答えた。海里は、なおも問いを重ねる。

「おっけ。あと……準備出来てるけど、こないだ言ってたサラダ、食べる？」

「おう、忙しくないんなら」

「もう、あっちのお客さんたちには料理出しちゃったから、大丈夫だよ」

そう言うと、海里は踵《きびす》を返そうとした。だが、一瞬早く、涼彦は海里を呼び止める。

「おい」

「ん？　何？」

「夜、出直してみたが……見えてるか、今？」

「……あ」

海里は思わず、背後を振り返った。

まずは夏神を見たが、副菜のウインナー炒《いた》めを用意すべくフライパンを火にかけた夏神は、ゆっくりかぶりを振る。

次に、シンクの前でゆで卵の殻を剝《む》いているロイドに目を向けると、海里の視線に気付いた「眼鏡」は、涼彦を見てから、海里に向かって静かに頷いてみせた。

瞬《まばた》きで頷き返し、海里は涼彦に向き直る。

「見えてる」

この上ないシンプルな答えに、涼彦は「そうか」とやけに無表情で応じた。

「あの……」

何か言いかけた海里を強い視線で制し、彼は低い声でこう言った。

「先に飯を食わなきゃ、マスターに迷惑がかかるだろう。他のお客さんもいることだし」

「あ、うん、そうだな。そんじゃ、すぐに特製サラダ作るから」

そう言ってカウンターを離れた海里と入れ違いに、夏神が涼彦に料理を運んできた。

「今日は、メインがシチューなんでソッコー出せるんですわ」

そう言いながら、夏神は楕円《だえん》形でぼってりと分厚い、まるで童話に出てくる熊の親子が使っていそうな陶器のシチュー皿を涼彦の前に置いた。

その中になみなみと注がれ、盛大に湯気を上げているのは、具だくさんのクリームシチューである。

小麦粉とバターを丁寧に炒めてルゥを作ったので、象牙《ぞうげ》色のシチューには、優しいとろみがついている。具は、炒めた鶏肉《とりにく》、乱切りの人参、タマネギ、シメジ、トウモロコシ、大きめにカットしていったん揚げてから加えたジャガイモ、それに固ゆで一歩手前くらいまで茹《ゆ》でて半割にしたゆで卵だ。

「それと、副菜はこれ」

シチュー皿の傍らに置かれた小皿には、茹でたブロッコリーと、色は茶色いが、タコさん形に切り込みを入れて炒めたソーセージが三本、載っている。

「……火を通す前のタコだな」

ニコリともせずにそんな冗談を口にする涼彦に、夏神はニヤッと笑った。

「焼いとるんですけど、色的にはそうですなあ。ほんで、トーストもどうぞ。よかったら、お代わりはまた焼きますし。サラダはイガが一生懸命、作ってますわ」

「ありがとう」

口の端だけでチラと笑って、涼彦はスプーンを取り上げた。シチューをたっぷり掬《すく》って、十分に吹き冷ましてから口に運ぶ。

ほんの少し猫背気味に食事をする涼彦の姿を、海里はレタスをちぎり、胡瓜《きゅうり》をスライスしながら、チラチラと見た。

やはり今夜も、初対面の夜と同じく、涼彦の身体にはヘビのようにマフラーが巻き付いている。

半透明なところも、幅の太いストライプ柄も、渋いブルーとカーキという色合いも、まったく同じだ。

（あんまり存在感が強くないから、昼間は見えないのか。今でもうっすらって感じだもんな）

サラダの具材を揃えながらも、海里の意識はマフラーの幽霊、あるいは幽霊のようなマフラーに注がれている。

注意深く気配を探ってみたが、マフラー自体からは、特に悪い感じはまったくしない。涼彦は、「近いうちに自分は死ぬのかもしれない」というような物騒なことを言っていたが、マフラーが、涼彦に危害を加えているような気配はなかった。

ロイドも同じ意見らしく、海里に頷いてみせる。

（いったい、何なんだろうな。仁木さんは、心あたりがあるみたいだけど）

今夜こそは、マフラーの謎が聞けるだろうか。そんな期待と、一抹のぼんやりした不安のようなものを感じつつ、海里はモヤシを茹でるための湯を沸かしてくれるよう、夏神に手振りで合図をしたのだった。

やがて、テーブル席の客たちが相次いで食事を終え、会計を済ませて出ていった。

店内の客は、カウンターの涼彦ひとりになる。

「ちょうどいいタイミングだったな。はい、お待たせ！」

そう言って、海里は涼彦の前にサラダボウルを置いた。つるんとしたドーム型の、涼彦が言っていたとおりのごくシンプルな器である。

「おう、ありがとな」

短く礼を言って、涼彦はサラダをジッと見下ろす。海里は、少し心配そうに言った。

「一応、ご指定の通りに作ってみたけど。いちばん下にレタス、その上にキャベツ千切り、でもって、てっぺんに斜めスライスの胡瓜と、櫛形《くしがた》切りのトマトと、缶詰のホワイトアスパラを三本、軽くカレー味にした茹でモヤシ。てっぺんからサウザンドレッシング。……こんな感じ？」

「ああ、まさにこんな感じだ」

そう言いながらも、涼彦は箸《はし》を取り上げると、櫛形切りにしたトマトの場所を少し直した。

よほど、ハッキリしたイメージが頭の中にあるらしい。

「そのさ、茹でモヤシのカレー味？　それがいちばん、自信ないんだよな。食ってみたら旨《うま》かったけど、仁木さんが思う味じゃないかも。食べてみて」

「わかった」

涼彦は、カレー粉で黄色く染まった茹でモヤシを箸で少量取ると、それをホワイトアスパラと一緒に口に運んだ。

作った海里は勿論《もちろん》、見守っていた夏神とロイドも、心配そうに涼彦の反応を待つ。

もぐもぐと何度か咀嚼《そしゃく》して口の中のものを飲み下した涼彦は、軽く首を傾げてこう言った。

「今一歩だな」

カウンターに両手をついて身を乗り出していた海里は、かくっと軽くずっこける。

「今一歩って、どういう方向性で⁉︎　俺、だいぶ頑張ったんだけどな！」

　すると涼彦は、苦笑いで「悪い」と謝ってからこう言った。

「味はいい。けど、もう少しカレーは頼りない風味でいいんだ。香りが軽くついている程度でいい。これだと、きちんとカレー味すぎて、他の具材と調和しないだろ」

「……何だかなあ。ぼやけた味のほうがいいって言われても、複雑だよ」

　若干の憤りと失望をない交ぜにした声を出し、海里はカウンターに頬杖《ほおづえ》を突いて涼彦の顔を見た。デスクワークがよほど大変だったのか、彼の目の下には薄い隈《くま》ができている。

「けど、旨い。それ以外は、期待どおりのサラダだ」

　そう言ってじっくりとサラダを味わう涼彦をしばらく見ていた海里は、思いきったように再び口を開いた。

「期待どおりじゃなくて、記憶してたとおり、なんじゃねえの？」

「………」

　何が言いたいと問うように、もぐもぐと咀嚼を続けながらも、涼彦はフォークを置き、海里の顔を見上げる。

　海里は右手で頬杖をしたまま、「なんだっけ、そう、『母親を除けばたったひとりの、気を許した女の人』とやらが作ってくれたんじゃ？」と鎌を掛けた。

　次の瞬間、のけぞって逃げる間もなく、涼彦の右手が海里の高い鼻を容赦なく摑《つか》んだ。

「んがッ」

「ったく！　お前んとこの兄弟は、情報筒抜けか！　一憲は、いつからそんなにお喋《しゃべ》りになった！」

「あだっ……あだだだだ！　兄ちゃんは……関係ねえって」

海里は痛みに悲鳴を上げながらも、どうにか両手で涼彦の手を払いのけ、カウンターの奥に一歩下がる。

驚いて思わず海里のほうに駆け寄ろうとした夏神とロイドも、とりあえずは成り行きを見守ることにして、海里の背後で沈黙を守っている。

ヒリヒリ痛む鼻をさすりながら、海里は恨めしげに言った。

「昼間に奈津さんと会ってさ、俺が聞き出しちゃったの。その女の人が、仁木さんが刑事になろうと思ったきっかけなんだろ？　だったら、仁木さんの大事な人なんだろうし、あんだけ詳しく覚えてたサラダも、その人が作ってくれた奴なのかなって。俺が勝手に想像しただけ。アタリだったみたいだけど」

「……何かのマンガで、『君のような勘のいいガキは嫌いだよ』って台詞《せりふ》があった気がするが、まんまお前に突きつけてやりてえな」

忌々しそうに吐き捨て、腕組みして、涼彦は海里を睨《ね》めつける。

海里は肩を竦《すく》め、「突っ込んじゃ駄目だった？」と訊《たず》ねた。涼彦の顔は、ますます険しくなる。

だが彼は、深い溜《た》め息をつき、「大当たりなんだから、しょうがねえ」と、正直に告白した。

「そうだよ。その人が作ってくれたサラダが、べらぼうに旨かったんだ。だから、もっぺん食いたいと思ってた。無理なのはわかってたけど、ずっと食いたいと思ってたんだ。……だから、弟。お前が話を聞いただけでこんだけ再現してくれて、正直、ビビったし、嬉《うれ》しかった。ありがとな」

怒りを引っ込め、代わりにどこかはにかんだ口調で礼を言った涼彦に、「どういたしまして」ととりあえず応じてから、海里は躊躇《ためら》いがちに問いかけた。

「なんで、無理？　別れたから？　あ、でも、恋人じゃなかったんだよね、その人。でも……料理まで作ってくれたのに、恋人じゃないんだ？」

「別れたといえば別れたんだけどな……。ああもう、顔だけじゃなく、いちいち鋭いところも、お前、一憲とは全然似てねえな。畜生」

悪態をつき、もう一本、二つ切りにしたアスパラの先端のほうを口に放り込んでから、涼彦はぶっきらぼうに言った。

「別に、大声で言い回るような話じゃないが、言えないような話でもない。……いいよ、マフラーのことにもかかわる話だ」

「俺らも、聞いとってええんですか？　もし、二人の間だけの話にしときたいんやったら、二階ででも」

夏神は、涼彦が過去の話を始めそうなのを気にして、タイミングよく声をかける。

だが、涼彦はかぶりを振った。

「いや、別にいいよ。マスターはともかく、ロイドさんには見えてんだろ、マフラー」

夏神の後ろに隠れるようにしていたロイドは、顔を出して、こくりと頷《うなず》く。

「は、おそれながら、今夜も見えております」

涼彦は、投げやりに言った。

「だったら、弟同様、知りたいだろ。……つっても、何てことはない話だ。あれは高三の春に部活を引退して、そうだ、一憲とケンカ別れした後のことだった」

「あ、それで兄ちゃん、その女の人の話を知らないんだ？」

涼彦は頷く。

「そうだな。考えてみりゃ、一憲が知ってるわけがない。……あのケンカ別れまでは、気持ち悪いくらい毎日ベタベタに一緒だったから、何となく高校生活丸ごと、あいつと共有した気になってた。まあとにかく、俺はひとりでもJリーグのサテライトチームに入るって決心した頃で、サテライトじゃろくに給料も出ないだろうからって、バイトを始めたんだ」

「あっ、もしかして、バイト先での出会い？　青春的な？」

「ちょっと勘がいいって褒めたからって、すぐつけ上がって先回りしようとするんじゃねえよ、ばーか」

再び右手で頬杖をついた海里の額に軽いデコピンをお見舞いしてから、涼彦は懐かしそうに虚空を見ながら話を再開した。

「俺がバイトしてたのは、他には主婦パートしかいねえ弁当屋だ。青春も出会いもへったくれもねえ」

「なーんだ……。じゃ、どこで出会ったのさ？」

「急《せ》かすなって。彼女……敢《あ》えて名前は伏せるぞ、彼女と会ったのは、バイトの帰り道だ。道を歩いてたら、街灯の下で言い争う男女がいて、俺はてっきり痴話げんかかと思ったんだ。だが、聞こえてくるやり取りを聞いていると、どうも違う。彼女のほうが、男に『つきまとうのをやめてください！』って言ってるんだよ」

「ストーカー!?」

海里は思わず声を上げる。涼彦は、やや曖昧《あいまい》に頷いた。

「当時は、そんな言葉はまだなかった。つきまとい、とか呼んでたっけな。あとで知ったんだが、彼女は当時二十七歳で、男はそれよりだいぶ年上っぽかった。その男が、彼女の手首を掴んで、どこかへ連れていこうとしているんだ。彼女がそれを凄《すご》く嫌がって抵抗してるのを見て、俺は咄嗟《とっさ》に割って入った。幸い、サッカーをやってた頃は、今よりもう少しマッチョだったからな。迫力があったんだろう。男は、あっさり逃げた」

そう言って、涼彦は腕を曲げ、力こぶを作るポーズをしてみせる。無論、ジャケットの上からではわからないが、確かに、今でもキレのいい動きだった。

「それが、出会いかあ」

「ああ。事情を聞けば、彼女は当時、喫茶店でウェイトレスをしてたんだが、男は客のひとりだったらしい。それが、彼女に一目惚《ぼ》れして、告白して、ふられて……で、今で言うストーカー化した」

「うわあ、わかりやす……」

海里は大袈裟《おおげさ》に顔をしかめる。涼彦も、当時を思い出したのか、いつもはマペットのように真っ直ぐな唇を歪《ゆが》めた。

「仕事帰りの彼女をつけ回し、自宅アパートを突き止めて、郵便受けに精液のついたラブレターを入れたり、外に佇《たたず》んだりする……まあ、典型的なストーカーだな」

海里は「うう」と呻《うめ》いて、身を震わせた。

「キモッ。警察に相談は？」

「無論、早々に警察に相談したらしいが、当時はストーカー法がなかったからな。警察も、ストーカー本人に注意をしたり、夜の見回りを増やしたりはしてくれたそうだが、特に直接の害を与えたわけでなし、思いきった対策は講じられなかったんだろう」

「あー、なるほど……」

「そんな事情を聞いて、俺は彼女を自宅まで送っていくことにしたんだ。一度は逃げたストーカーが、また戻ってきて何かしないとも限らないからな」

それを聞いて不思議そうな声を上げたのは、カウンターの奥で、食器棚にもたれて話を聞いていた夏神だった。

「せやけど、その彼女さんが、よう仁木さんのことを信用してくれたもんですね。なんぼ高校生で、危ないとこ助けてもろた言うても、やっぱし男やし、警戒されたん違いますか？」

「あ、確かに」

海里も、そういえばと同意する。だが涼彦は、実にあっさりとこう言った。

「ああ、最初はな。けど、ちゃんと説明したから。俺、女に興味が全然持てないたちだから、心配しないでくれって」

「あー、そりゃ安心だな……って、ええっ⁉」

海里は目を剝《む》いた。目の前の涼彦の真顔を、まじまじと見つめる。

「え？　え？　それって、もしかして……その、アレ？　女に興味がなくて、男に興味がある、アレ？」

「カジュアルに他人を指でさすな。ゲイって言いたいんなら、そのとおりだ。別に、驚くほどのことでもないだろ、今どき」

「いや、でも！　仁木さん、そんなこと一言も言わなかったし」

狼狽《うろた》える海里を見て、涼彦は実に鬱陶《うっとう》しそうに目を眇《すが》めて吐き捨てるように言った。

「必要がないのに、わざわざ言うこともねえだろ。それとも何か？　お前は初対面の自己紹介のたびに、誰彼構わず、『ところで、俺は女が好きです！』っていちいち宣言すんのか？」

それを聞いて、海里は、ああ、と間の抜けた声を出した。

「言われてみりゃ、そうだな」

「だろ？」

海里は少し困った顔つきで頬杖《ほおづえ》を外し、指先で自分の頬をポリポリと搔《か》いた。

「ごめん、ちょっとビックリしたんだ。何ていうか仁木さん、俺の知ってるゲイの人たちと全然違うから。芸能界で顔合わせてたゲイの人って、オネエとかオカマとか、独特のキャラが立った人が多くてさ。こんなこと言ったらまた怒られるかもだけど、仁木さんはあんまり普通だから、逆になんか珍しいっていうか」

「馬鹿馬鹿しい」

涼彦は心底小馬鹿にしたように嘲笑《あざわら》った。

「じゃあもう一つ訊《き》くが、お前たち『女を好きな男』は、みんな同じタイプか？」

「あ……」

「女を好きな男にも色々いるだろ。だったら、男を好きな男も色々いて当たり前だろうが。全員が全員、性的指向を武器にしてるわけじゃねえ。別にそうしたきゃすりゃいいが、俺はそこを自分の売りにしたいとは思ってないから、しねえよ」

「なる、ほど」

「ゲイだって堂々と宣言したい奴もいりゃ、徹底的に隠したい奴もいる。俺はその中間だ。必要がなきゃ言わないし、言ったほうがいいときや、言いたいときは言う」

実に淡々としているが、筋の通った涼彦の説明を聞いて、海里はようやく納得した顔になった。

「あー……。そりゃそうっすね」

「おう。まあ、それをどう受け取るかも、人それぞれだからな。お前がそういうのは受け付けないとか、気味が悪いっていうなら、それはお前の自ゆ」

「待って待って。俺、全然平気。っていうか、他人様《ひと》が女を好きでいようと男を好きでいようと、それは、その人の勝手だから。俺がとやかく言うようなことじゃ、全然ないから。いや、それより」

海里はおもむろに真っ直ぐ立つと、そのままペコリと涼彦に頭を下げた。

「さっきのは、俺がとてつもなく馬鹿でした。すいません。普通とか普通じゃないとか、俺ん中の物差しで勝手に計っちゃ失礼だよな」

「……へえ」

頭を上げた海里は、腹を立てるよりむしろ面白そうな顔をしている涼彦に、怪訝《けげん》そうな面持ちになった。

「何？　俺、真剣に謝ってんだけど。なんで笑ってんのさ」

涼彦は、さっきよりはずいぶん穏やかな顔つきで小さく笑った。

「素直なところだけは、兄貴とそっくりだと思ったんだ。一憲もすぐ怒るけど、自分が悪いと思ったら、躊躇《ためら》わずに謝ってきたからな。そういうところは、高校時代から凄くいいと思ってた。今もきっと同じだろ」

「ふうん……。まあ、兄ちゃんのことはいいや。そのストーカーに絡まれてた人と仁木さん、そっから仲良くなったわけ？」

海里に問われて、涼彦は肩をそびやかした。

「仲良くってか、ほっとけねえだろ。彼女のアパートはバイト先からの帰り道だし、お互いの仕事先もそう遠くないこともわかってさ。で、次の日から、俺がバイト帰りに彼女の職場に寄って、自宅まで送っていくことにしたんだ」

「なるほど。確かに、警察よか頼りになりそうだもんな、仁木さん。あ、いや、今は刑事さんだから、そんなこと言っちゃビミョーだけど。……そんで、毎晩一緒に帰ってる間に、やっぱそれなり仲良くなったんじゃね？」

涼彦は、軽くバターを塗ったトーストを手で大きくちぎり、クリームシチューに浸して口に放り込み、もぐもぐしながら頷《うなず》いた。

「まあ、彼女の職場から自宅まで徒歩二十分くらいを、平日ほぼ毎日、喋《しゃべ》りながら歩いてたからな。自然と、それなり仲良くなる。けど恋愛沙汰《ざた》じゃねえ。アパートの玄関まで送って、彼女が家の中の安全を確認したら、俺はそこで帰ってた」

「……ストーカーは？」

「最初の頃はよく、物陰に姿を見たよ。恨めしげな顔でこっちを見てる、しけたツラのおっさんだった。帰宅してからも、アパートの前に立ってたりすることはあったらしいけど、家に押し入ってくるようなことはなかったし、そこは警察を呼べば追い払ってもらえるしな。とにかく、職場から自宅への帰り道がいちばん怖かったから、助かるって言ってた」

そこで、ずっと大人しくしていたロイドが、我慢しきれなくなった様子で、憤然と声を上げた。

「何という卑劣な男。恋慕の情を、そのように歪《ゆが》んだ手段で発露させるとは。その女性にとって、仁木様はまさに騎士《ナイト》であったわけですね。ご立派です」

どうやらこの眼鏡は、海里だけでなく、他の人間も、若干の上から目線で褒める癖があるらしい。

だが、ロイドを年長者として尊重しているらしき涼彦は、面はゆそうに軽く頭を下げた。

「そりゃどうも。騎士とかそんな結構なもんじゃないですけど、まあ、半年あまりそんな生活を続けてました」

「うわあ、半年以上もそんなことしてりゃ、普通は二人の間に恋が芽生えるよなあ。あっ、もしかしてその人、美人だった？」

少し考えて、涼彦は頷く。

「たぶん。でなきゃ、ストーカーにあんなに執着されなかっただろうし。和風美人って感じだったかな。ただ、顔が綺麗《きれい》なだけじゃなくて、頭の回転が速くて、妙に聞き上手で、話してて楽だったな。姉貴がいたらこんな感じかって、よく思った。学校での悩みとか、将来への不安とか……何故か、彼女には素直に話せた」

そんなことを言いながら、涼彦はまたトーストをちぎり、それをスプーン代わりにたっぷりクリームシチューを掬《すく》って口に運んだ。

「その女性の用心棒をやるっちゅうだけやのうて、仁木さんにとっても、ええ時間やったんですね、彼女の職場から家への道のりが」

夏神はエプロンのポケットから棒付きキャンデーを取り出し、やけに丁寧に包み紙を剝《は》がしながらそんなことを言った。涼彦は、素直に同意する。

「そうだな。時間もあるし、行きがかり上ほっとけないし……そんなつもりで始めたことだったけど、やってみりゃ楽しかったのは俺だったかもな。一憲とケンカ別れして、話し相手もいなくなってたときだし」

「兄ちゃんと、仲直りはしなかったんだ？」

「何となくな」

涼彦はホロリと笑った。その笑顔には、どうしようもない苦さが滲《にじ》んでいる。海里がその理由を訊《たず》ねる前に、彼はこう付け加えた。

「三年のときは違うクラスだったし、部活で会わなくなると、途端に不思議なくらい疎遠になっちまってなあ。仲直りの必要がなくなったっていうか、もうこのまま消滅でいい、いやむしろそれがいいって思ったんだ」

「何で？　だって、すげえ仲良かったんだろ、それまで。むしろ自然消滅がいいって、どういう……」

「一憲の話は、今の話に関係ねえよ」

食い下がろうとした海里の言葉を無造作に遮って、涼彦は力なく首を振った。その顔からは、笑みが拭《ぬぐ》ったように消えている。

「そんなふうに半年以上が過ぎて、ちょうど今くらいの時期だ。その頃には、ストーカーもすっかり姿を見せなくなってた。ある夜、俺は、サテライトチームへの入団が正式に決まったって、彼女に報告したんだ。高校を卒業したら、即チームに加わるって。そしたら、凄《すご》く喜んでくれて、お祝いをしようって言われた」

「お祝い？　どっかで食事、とか？」

「その晩、彼女の家で、手料理をご馳走《ちそう》するって言ってくれた。俺、それまでいっぺんも家に上がり込んだことはなかったし、マジで女には興味持てないから、どうこうしようなんて一切思わなかったし、しなかっただろ。だから、こいつは大丈夫だって確信したんじゃねえかな。まあ、飯食うだけだしいいかって、俺もフツーに家に上がった」

　立ち話で少し疲れてきた海里は、カウンターから出て、涼彦の隣の席に浅く腰を下ろしながら、呆《あき》れ口調で言った。

「勿体《もったい》ねえ！　何だよ、それ。俺、そんな美味《おい》しい思い、したことないよ。年上の和風美人に自宅に招かれて、二人っきりで手料理をご馳走になるとか、まんま男の夢だろ。なあ、ロイド……はともかく、夏神さん！」

「そらまあ、なあ」

夏神は飴《あめ》をくわえ、何とも微妙な苦笑いで曖昧《あいまい》な返事をしたが、否定はしなかった。いい歳の夏神にとっても、それは若干、憧《あこが》れ交じりの魅力的なシチュエーションなのだろう。

「そんで？　あっ、もしかして、そんときに作ってもらったのが、あのホワイトアスパラ入りのサラダ!?　そうだろ、なっ!?」

大胆に身を乗り出す海里を鬱陶《うっとう》しそうに睨《にら》み、涼彦は不機嫌に肯定した。

「そうだよ。それ以外にも作ってもらったけどな。俺、自分ちで缶詰のホワイトアスパラ食う人って初めて見たから、すげえ新鮮だったんだ」

「確かに、珍しいよな」

「好きだから常備してるんだって、笑ってた。モヤシも、ダイエット目的でいつも冷蔵庫にあるんだって。男の子はカレー味が好きなんでしょって、何でだか知らないけどそう決めつけて、カレー味のモヤシにしてくれたんだよな。凄く旨《うま》いもんじゃなかったけど」

懐かしそうに目元を和ませて、涼彦はそんな思い出を語った。それから、ふと俯《うつむ》き、自分の身体を見ながら海里に訊ねた。

「今も見えるんだよな、マフラー？」

海里は、涼彦のスーツの胸元を見ながら答える。

「見える」

「そうか。そん時にな、言われたんだ。これまで送ってくれたお礼に、マフラー編んであげようかって。見せてくれた毛糸は……お前が言ってたのと同じ、落ちついた感じのブルーとカーキ色だった。何か編もうと思って買ってあった毛糸だって言ってた」

海里は、涼彦本人には見えない、しかし彼の身体に緩く巻き付いた半透明のマフラーを見ながら問いかける。

「じゃあ、その『彼女』に編んでもらったマフラーなんだな、これ」

「ところがどっこい、そうじゃない」

涼彦の意外な否定発言に、海里は目を丸くする。

「えっ？　それ、どういうこと？　だって、マフラー編んでくれるって言って、毛糸も俺が今見てる完成品……っていうか幽霊っぽいアレだけど、とにかく同じ色合いなんだろ？」

涼彦は、俺には見えてないけどな、と言いたげに両腕を軽く広げて肩を竦《すく》めた。

「けど実際、編んで貰《もら》うところまで行き着けてないんだ」

「なんで？」

「その翌々日、急に、もう仕事帰りの用心棒は必要ないって言われたから」

海里は、まるで自分がそう言われたかのような顰《しか》めっ面になった。

「えらく急だな。なんでまた？」

こちらはまるで他人事《ひと》のように淡々と、涼彦は答える。

「新しい恋人ができて、その人に、職場から家まで送ってもらうことになったからって。それを聞いて、そうか、って納得して、やめた」

「いや、それなんか……薄情じゃね、その女の人。仁木さんもあっさりし過ぎだよ」

「俺はもとから行きがかり上、ほっとけなくて送ってただけだし……まあ、毎日彼女と話すのは楽しかったから、それは惜しかったけどな。それでも、俺は別に恋人でも何でもないんだから、役目を本物の恋人に託すのは、当たり前だろ？」

「そりゃそうだけど」

「俺がその恋人だったら、他の男がそんなことしてたら、たとえ高校生でも面白くはないと思ったしな。そもそもそこで食い下がったら、今度は俺がストーカーみたいじゃねえか」

「まあ、それもそっか。じゃあ、そのままお別れ？」

「ああ。挨拶《あいさつ》して、それきりだ。新しい彼氏とお幸せにって俺は言って、彼女は、サッカー頑張ってねって言ったっけな。それが最後だった。……本当の、最後になっちまった」

「……どういうこと？」

探るように問いかける海里に、涼彦はギュッと眉根《まゆね》を寄せ、目を閉じて、溜《た》め息交じりに言葉を吐き出した。

「それから三日後、殺されたんだ……例のストーカーに。いなくなってなんかなかったんだよ、ストーカーは。見えない場所から、じっと彼女を見続けてた。俺が付き添い帰宅をやめたせいで、つけられて部屋に押し入られて、首を絞められて殺されたそうだ」

驚いたロイドが、やはりカウンターを出て、海里の背後にやってくる。

「そんな！　長きにわたる仁木様のご努力が、水の泡ではございませんか！　その、新しい恋人というお方は、いったい何をなさっておられたのやら」

「さあな」

目を開けた涼彦は、いつもの醒《さ》めた態度で投げやりに言葉を返す。海里は困った顔をした。

「さあなって……」

「俺は彼女の身内じゃない。彼女が殺されたことを知ったのも、テレビニュースでだった。勿論《もちろん》、すぐにアパートに行ってみたけど、ただの知り合いってんじゃ中には入れてもらえなかったし、詳しいことも教えてもらえなかった。勿論、死に顔も見てない」

「あ……そ、そっか。いくら知り合いって言い張っても、警察には、野次馬と区別つかないもんな」

「そういうこった。現場の見張りに立ってた警察官に事情を説明したが、署に連れていかれて、簡単な事情聴取をされただけだった。今にして思えば、警察は彼女に相談を受けてたわけだからな。体裁が悪いから、あまり話を大きくしたくなかったんだろう」

「じゃあ……お葬式とかは？」

「警察で、九州の実家から、ご家族が遺体を引き取りに来るって話を聞いたが、詳しいことは知らん。ただ一つ、俺が警察で聞いたのは、『新しい恋人』なんてのはいなかったらしいってことだけだ」

「ええっ？　どういうことだよ、それ。ますますわかんねえな」

海里は首を捻《ひね》り、涼彦も複雑な面持ちで小首を傾げる。

「俺にもわからん。逮捕されたストーカーは、俺がいなくなって彼女がひとりで帰宅するようになったから、これ幸いと接触を試みたが拒まれて、逆上して殺した、そう自供したそうだ」

「では、何故その『彼女』様は、新しい恋人に送ってもらえるようになった、などという嘘を仁木様に？」

遠慮がちなロイドの質問に、涼彦は力なくかぶりを振った。

「わかんねえよ。俺のことが煩わしくなったとか、飯の食い方が気に入らなかったとか、色々可能性を考えはしたが、本人じゃなきゃ、本当のところはわかんねえだろ。あれこれ憶測するだけ無駄だ。俺にわかったことはたった二つ。ストーカーってなぁ、そう簡単に諦《あきら》める生き物じゃないってこと。もう一つは、俺がいなかったせいで、彼女が殺されたってことだ」

「だけどそれは、本人がもういいって言ったからであって、仁木さんが悪いわけじゃないだろ」

「いい悪いの問題じゃねえ。事実だ。俺がいなかった、だから、ストーカーがまた出てきて、彼女が殺された。俺にわかるのはそれだけだし、確かな真実はそれだけだ」

「そんな……あ、もしかして」

海里はハッとした。

この前聞いた、「涼彦がストーカー犯を殴って始末書を書く羽目になった」あるいは、「ストーカー相手になると、ヒートアップしてしまう」という同僚の言葉が、脳裏に甦《よみがえ》ってきたのである。

「仁木さん、そんなことがあったから、サッカー選手を引退してから、刑事になろうと思ったんだね。その、彼女への罪悪感って、そういう意味なんだ？」

海里はそう問いかけた。

だが、涼彦が何も言わないうちに、テーブルに置いてあった彼のスマートホンが激しく振動し、電話着信を告げた。

つい視線を向けた海里の目に、液晶の「箭内《やない》さん」という名前が飛び込んでくる。

「もしもし、芦屋署の仁木ですが、どうしました？」

どうやら、警察の仕事関係の相手らしい。涼彦は通話ボタンを押してスマートホンを耳に当てると、さっきまでとはまったく違う、折り目正しい言葉遣いで応答した。

心なしか、背筋までピンと伸びているようだ。

話し相手は、どうやらかなり興奮しているらしく、金切り声が、海里やロイド、果てはカウンターの中の夏神にまで漏れ聞こえてしまう。

『助けてください！　今、帰ったら、家にいて！』

「！」

涼彦は、弾《はじ》かれたように立ち上がった。その手は、早くもコートを引っ摑《つか》んでいる。

「今、どこにいますか？　どういう状況ですか？　落ちついて、説明してください」

それでも涼彦は、厳しい面持ちで、冷静さを保った問いかけをした。自分が落ちついていることで、相手の心を静めようという努力なのだろう。

海里はその場で凍り付き、思わず夏神のほうを見る。夏神も、険しい顔つきで、口から棒付きキャンデーを引っこ抜き、小皿に置いた。

『咄嗟《とっさ》に逃げて、トイレの鍵《かぎ》かけて……ッ！　キャーッ！』

悲鳴と共に、ガタガタという物音も微《かす》かに聞こえてくる。

「もしかして、ストーカー被害に遭ってる人⁉　ストーカー、家に入り込んでたってこと？」

海里の問いかけに、涼彦は言葉で答えることはせず、視線で頷《うなず》いた。その口からは、やはり冷静な指示が飛ぶ。

「いいですか、落ちついて。すぐに駆けつけますから、決してトイレから出ないように。通話はこのまま切らないで。怖いでしょうが、もう少しだけ我慢していてください。いいですね？　大丈夫ですからね！」

それだけ言うと、涼彦は海里をキッと見た。

「悪いが、署の生活安全課へ行って、当直の奴に事情を話してくれ。『箭内さん』って言えばすぐわかる。頼んだぞ！　俺は先に現場へ行くから。ここからなら、走っていけばすぐだ！」

そう言うが早いか、涼彦はコートを摑んだまま、弾丸のように店から駆け出していく。彼が北へ向かったのを確認して、海里は夏神を見た。

「夏神さん、俺！」

「お前は仁木さんを追いかけろ！　ひとりで現場に行かしたら、色々危ない。署には俺が行く。ロイドがおったら、お前の居場所はわかるやろ。こいつは置いていけ」

「了解！」

こういう非常事態には、まったく動じず即断即決の夏神が頼もしい。海里は頷くと、涼彦を見失わないよう、全速力で北へ向かって走った。

幸い、涼彦は国道二号線で足止めを食らっていた。

非常時ゆえ、信号を守るつもりはなかったようだが、交通量が多すぎて、渡るタイミングが見いだせず、ジリジリしていたのである。

その手には、通話スイッチをオンにしたままのスマートホンが握られていて、スピーカーからは、さすがに聞き取れないが、女性の声が断続的に聞こえている。

「俺も行く！　いないよりは役に立つかもだし」

海里が背後から声を掛けると、振り返った涼彦は凄《すさ》まじい凶相で海里を睨《にら》みつけてきた。

「おい、署に！」

「それは夏神さんとロイドが行ったから！　とにかく、一緒に行くよ。仁木さんの指示に従うから」

いいとも悪いとも言わず、信号の変わり目で自動車の往来が途絶えた瞬間、涼彦は広い道路に飛び出した。海里も、すかさず後を追う。

そこからは休みなく全速力で駆けて、二人がたどり着いたのは、JR芦屋駅南側にあるマンションの一室だった。

箭内さん、と呼ばれる女性の自宅がある三階フロアでは、女性の悲鳴やけたたましい物音を聞きつけたのか、近所の住人たちがそれぞれの家の扉を開け、様子を窺《うかが》っている。

しかし、誰ひとりとして助けに行った者はいないようだ。

「家に戻って、しっかり施錠していてください！」

息を乱したまま、涼彦はそんな野次馬たちを牽制《けんせい》する。そこへ、一階の管理人室から、部屋の合鍵を受け取った海里が駆けつけた。

「仁木さん、これ！」

「鍵を開けろ。開けたらすぐ下がれ」

「はいっ」

涼彦に簡潔に命じられ、海里はドキドキしながら部屋の扉に近づいた。上着すら着ていないが、ずっと走ってきたので、全身汗だくである。そこに今度は、冷や汗がプラスされた。

「えっと、開けます」

一刻を争う事態らしいだけに、ここで手間取っている場合ではない。海里は、緊張で震える右手に左手を添えて、どうにか鍵穴に鍵を差し込んだ。

カチッと閂《かんぬき》が扉の内側に引っ込むのを確かめて、海里は一歩、脇へ退く。ほぼ同時に大股《おおまた》に近づいてきた涼彦が、勢いよくドアノブを回し、家の中へ飛び込んだ。

刑事ドラマならここで拳銃《けんじゅう》を構えるところだが、仕事帰りだったので、完全な丸腰である。

「仁木さんッ！」

涼彦に続こうとした海里は、玄関で凍り付いた。

トイレの扉の上の蝶番《ちょうつがい》が外れ、斜めになってゆっくり揺れているのが見えたのだ。

（トイレの鍵っていうか、扉ごと壊されちゃったんだ！　箭内さんは!?）

玄関から伸びる廊下の突き当たり、開けっ放しの奥の部屋から、怒号と、大きな物音が聞こえてくる。

怒号は二人の男、うち一人は間違いなく涼彦だ。

（ヤバイ！　仁木さん、ストーカー犯と対決しちゃってる！　早く応援来てくれよ）

心の中でそう念じながら、足をガクガク震わせる恐怖をねじ伏せ、海里も靴を脱ぎ捨てて奥の部屋へ向かった。

そこは、決して広くはないが、いかにも大人の女性のひとり暮らしという感じのリビングダイニングだった。

おそらくもとは綺麗《きれい》に片付いていたのだろうが、今は椅子が倒れ、テーブルがひっくり返り、カーテンはレールから半ば引きちぎられて、床に小山を作っている。

めくれ上がったラグの上に女性の白い生足が見えて、海里はギョッとした。

視線を上げると、そこには地味なスーツ姿の薄化粧の女性が、目に見えるほどガタガタ震えていた。

壁に縋《すが》ってようやく立っているといった状態の彼女の顔は、紙よりも白く、涙でグシャグシャに汚れている。額や頬には、汗に濡《ぬ》れた黒髪が幾筋も張り付いていた。

彼女が怯《おび》えている理由は、すぐにわかった。

灰色のパーカーにジーンズという、ごく普通の服装をした若い男が彼女の前に立っており、折りたたみナイフを彼女の鼻先に突きつけているのだ。

そのすぐ近くに、身構えた涼彦の姿もあった。

「その人からすぐに離れろ！　ナイフを捨てて、こっちに来い！」

涼彦は上擦った声で命令したが、男は、そんな声が耳に入っているのかいないのか、涼彦のほうを見ようともしない。ただ、ニヤニヤと笑いながら、女性を見ている。

その口からは、この状況からは信じられないくらい、楽しげな声が発せられた。

「かくれんぼに鬼ごっこが好きなんや？　こういうスリル、ええよなあ。ほら、もっと逃げてええよ？　上手に追いかけるし。追い詰めへんようにもっと逃げさせたるし」

「…………ッ」

女性は言葉もなく、ただ激しく首を横に振るばかりだ。

「あかんて。まだ遊びの途中やん。勝手にやめたらあかんよ。ほな、ちょっとつついたるわ。逃げる気になれるように」

海里と涼彦を完全に無視して、男はナイフを女性の顔にジリジリと近づけていく。

（やっぱ……！　こいつ、一瞬フッーに見えたけど、完全にいっちゃってるよ）

どうやら目の前の怪しい男には、涼彦のことも海里のことも、認識できていないようだ。

（どうしよう。あのナイフさえなければ……だけど、あの女の人とナイフが近すぎる。ヘタに近づいたら、傷つけられちまうかも。それで、仁木さんも動けずにいるんだ）

海里はそろそろと涼彦を見た。すると涼彦は、自分の口許《くちもと》に右手を寄せ、影絵のキツネを作ってみせた。大きく、口をパクパクさせて、目配せする。

（喋《しゃべ》れってこと？　あっ、気を逸《そ》らせってことか。よーし。元舞台役者、舐《な》めんなよ）

目の前の女性を助けなくてはという使命感から、一時的とはいえ、恐怖は消え去っている。

海里は、両脚を開き、腰を軽く落として、腹筋に力を入れた。そして、ミュージカルの稽古《けいこ》をしていた頃、発声練習でいつも出していた渾身《こんしん》の声を振り絞る。

「わっしょーい!!」

我ながら、何故そんな場にそぐわない一言をチョイスしてしまったかわからない海里だが、とにかく、劇場の二階席最後列まで届くようにと何年もトレーニングを続けていただけあって、その声量はほとんど衰えていなかった。

部屋の陶器や蛍光灯のシェードが、海里の声に共鳴して、耳障りな音を立てる。

さすがの男も、狭い部屋に響き渡った大声に驚き、女性から海里に視線を移してたじろいだ。

その一瞬の隙に、涼彦が男にタックルする。海里は、考える暇もなく、女性の手首を摑《つか》み、部屋の入り口のほうへ力いっぱい引いた。

「キャアッ!　いや、離してっ!」

パニックに陥っている女性にとっては、彼女を助けにきた涼彦や海里ですらも、侵入者としか見なせないのだろう。派手な悲鳴を上げて海里の手を振り払おうとしたが、構っている場合ではない。

「悪い!　今だけ我慢してくれよな!」

海里は早口で囁《ささや》くと、力ずくで女性を引き寄せ、しっかりと両腕で抱えて後ずさる。

とにかく、女性を男から引き離さなくてはならないという一心だった。

どうにか廊下に女性を連れ出し、グッタリした彼女を壁にもたれさせ、座らせて、海里はリビングに引き返した。

だが、そんな彼の目に映ったのは、男と激しく揉《も》み合う涼彦の姿だった。涼彦は丸腰だというのに、男の手には、さっきのナイフがまだしっかりと握られている。

「仁木さんッ！」

海里は思わず加勢しようとしたが、涼彦は海里のほうを見もせず、両手で男の腕を摑み、なんとか床に引き倒そうとしながら怒鳴る。

「来るな！　お前は彼女と一緒にそっちにいろッ」

「だけど！」

万が一に備え、自分の身体を盾にして女性を守りつつも、海里はリビングに身を乗り出した。

「仁木さん、ヤバイって！　そいつ、刃物持ってるんだぞ！　何とか離れて！　みんなでいったん逃げよう。応援、待とう！」

「……無茶、言うな……っ」

男は細身だったが、女性と引き離されて逆上している様子だ。そのせいで、異常な力が発揮されているらしく、それなりに鍛えられた身体をしている涼彦と、ほぼ互角につかみ合っている。

「くそッ、何だよお前ら！　何だよ！　俺が彼女と遊んでるとこに、何を邪魔しに来てんだよッ」

呂律《ろれつ》の怪しい口調で罵倒《ばとう》しつつ、男は不意に、予想外の行動に出た。涼彦も海里も、彼の右手に握られたナイフばかりに気を取られていたのだが、男は突然、自分の右手首を摑む涼彦の腕に、渾身の力で嚙《か》みついたのである。

ゴリッ、という嫌な音が聞こえた。

男の歯が食い込んで、涼彦の腕の骨ときつく擦《こす》れ合った音だ……などということに海里が気付いたのは、ずっと後になってからだ。

「うあッ」

さすがの涼彦も、鋭い痛みに声を上げ、しっかり男を押さえていた指の力がスルリと抜けてしまう。

その瞬間、涼彦の手を振り払った男は、ナイフを両手で構えた。そして……。

「仁木さんッ‼」

海里は絶叫した。

何故かその声に呼応するように、海里の目には、涼彦の全身を包んでいたくだんのマフラーが、まるで生き物のように大きくうねるのが見えた。

それまではずっと頼りない半透明だったマフラーが、男のナイフを構えた両腕に、ヒモのように巻き付き、金色の眩《まばゆ》い光を放つ。

「な……ッ⁉」

あまりの眩《まぶ》しさに、海里は片手を目の上にかざし、光を遮ろうとする。

指の間から、男のナイフが、涼彦の腹に突き刺さるのが見えた。

「仁木さんッ、仁木さん⁉」

海里の必死の呼びかけに、腹を押さえ、身体を二つに折った涼彦は、苦悶《くもん》の表情で、それでも顎《あご》をしゃくってみせた。

女性を連れて、早く逃げろ……というのである。

だが、その腹を押さえた指が、ワイシャツが、ジワジワと鮮血に染まっていくのを見て、海里の顔から音を立てて血の気が引いた。そのまま、両脚がわなないて力を失い、ズルズルと床に座り込んでしまう。

涼彦も、それ以上身を起こしていることができず、顔面から床に頽《くずお》れた。

一方、まだ血染めのナイフを持ったままの男は、血走った目をギロリと海里に向けた。

「ヒッ」

目が合った瞬間、相手の精神が常軌を逸した世界へ行ってしまったことを痛感して、海里の喉《のど》が鳴る。

(殺される……!)

恐怖で動けなくなるという経験は、ミュージカルの初舞台の日に味わった。プレッシャーで全身がガチガチに固まってしまって、まともに歩くことすらできなくなった。

だが今、彼が味わっている恐怖は、そんな生やさしいレベルのものではない。

これから、自分もあのナイフで刺されるのだ。

おそらく、滅多刺しにされて死ぬのだ。

そう思うと、必死で動かそうとするのに力の入らない両足が、虚《むな》しく床を滑った。

「この野郎……お前も邪魔してくれたな。なあ、待っとってや。邪魔なん片付けたら、また遊ぼなー」

後半は、海里の向こうに見える女性にかけた猫撫《ねこな》で声である。引きつった笑顔が、とにかく恐ろしい。

「あ……あ、や、いやっ……」

女性が、必死で廊下を這《は》い、玄関へ向かうのが、海里の視界の端に見えた。

(時間……俺が、時間、稼がなきゃ。だけど、死にたくない。俺、死にたくないよ)

千々に乱れる心のままに、海里は情けなく身をもがかせて、どうにか男から逃れようとする。だが、一度砕けた腰には、そう簡単に力が戻ってきはしない。

「死ねや！」

そんな一言と共に、男は両手でナイフを構え、高々と持ち上げた。

振り下ろせば、涼彦の血に濡《ぬ》れた鋭い刃先は、海里の胸に突き刺さるだろう。一撃食らうだけでも、ただで済むとは思えない。

「あ……ぁ、あ」

乾ききった喉から、言葉にならない嗄《しわが》れた声が漏れた。

（嘘じゃねえか、アレ。人生の最期に、走馬燈《そうまとう》みたいに思い出が巡るとかいうけど、何も巡らねえぞ！）

何故、こんな絶体絶命のときに、そんなことで憤ってしまったのかはわからないが、海里は誰に腹を立てているのかわからないまま、舌打ちしてギュッと目を閉じた。

さすがに、自分が刺される瞬間は見たくなかったのである。

だが。

複数の荒い足音と共に、凄《すさ》まじく重いものがぶつかったような音がすぐ近くで聞こえ、海里は驚いて、ゆっくり目を開けた。

目の前の床に、男の手の中にあったはずのナイフが落ちている。

そして、男本人も、床に大の字になってのびていた。

「あ……」

ゆるゆると視線を上げると、仁王立ちになり、拳《こぶし》を石のように固めた夏神の憤怒《ふんぬ》の形相が目に入った。

「……がみ、さ……」

震える声が彼の名を呼んだのと、ギリギリ間に合った夏神が、危ういタイミングで男を殴り倒したのだと海里が理解したのとは、ほぼ同時だった。

助かったと思った瞬間、海里の目から大粒の涙が零《こぼ》れる。

「大丈夫か、怪我、あれへんか？」

夏神はハッとすると、床に片膝《かたひざ》をつき、海里の両腕を痛いほど強く摑《つか》んだ。

その脇を、夏神と一緒に到着した応援の刑事たちがドタドタと走り過ぎていく。

「お……俺は、平気だけど、仁木さんが、仁木さんが」

「刺されたんか⁉」

「う、うん。腹……どすって……」

「すぐに救急車呼ぶ。大丈夫や。お前は心配せんでええから、そこでじっとしとれ」

「……う……」

夏神は立ち上がると、スマホを手に涼彦のほうへ向かう。海里は、ゆるゆると反対側を見た。

するとそこでは、ロイドが女性を優しく介抱しているのが見えた。

そういうことには、男をあまり感じさせない年代のロイドが適任だろう。

「……生きてる、俺」

海里は、自分の両の手のひらに視線を落とした。

面白いくらい指が震えているものの、どこにも血はついていない。どこも、痛くない。

「生きてる……！」

涼彦のことは心配だったが、夏神に「大丈夫」だと言われると、何となくそう信じられた。

安堵《あんど》がどっと胸に押し寄せ、海里は壁に上半身を預けて、目を閉じた。今頃になって、酷《ひど》い吐き気がこみ上げて来る。

(それにしても、あのマフラー……あの光、動き、いったい何だったんだろう)

そんなことをまだ混乱した頭で考えながら、海里はしばらくそのまま、動けずにいた。

四章　そばにいること

「警察の方から事情を伺ってますから、今夜は特別に時間外の面会を許可しますけど。皆さんおやすみですから、くれぐれもお静かに」

病院のナースステーションに詰めている夜勤の看護師は、迷惑に思っていることを隠しもしない顰《しか》めっ面でそう言った。

「……ども」

そんな彼女の機嫌を取る余力もなく、ただうっそりと頭を下げて、海里は薄暗い通路を歩き、教えられた病室に向かった。

敢《あ》えてノックはせずに、そろりと引き戸に手を掛ける。

思ったよりずっと軽く、ほとんど音も立てずに動く引き戸を開けると、海里は足音を忍ばせて中に入った。

とても小さいが、立派な個室病室である。

さすがに蛍光灯は消され、枕元の小さなスタンドだけが点《つ》いているので、室内は実に薄暗い。

ベッドを囲むカーテンは引かれておらず、寝具がすべて真っ白なので、そこだけ周囲から浮き上がって見えるベッドには、涼彦が横たわっていた。

（はあ……。こないだ、この手の病室に来たのは、奈津さんが入院したときだっけ）

何度来ても、病室の独特のヒンヤリした空気や消毒薬の臭いには馴染《なじ》めず、落ち着かない気分になる。

「おう、来たんか」

海里の姿に気づき、枕元に座っていた夏神が、ゆっくりと立ち上がった。

「お疲れさん。酷い顔やぞ。どうやってここまで来た？　タクシーか？」

低い声でそう言いながら、夏神は海里の肩を抱くようにして、さっきまで自分が座っていたパイプ椅子に座らせる。

その上で、予備の折りたたみスツールを持って来て自分も海里の横に腰を下ろし、夏神は、海里の青白い頬を、肉厚の手のひらで労《いたわ》るようにポンと叩《たた》いた。

「ん……パトカーで送ってくれたよ。俺がヘトヘトで気の毒だからって」

海里は短く答える。いつもと違って、声にまったく生気が感じられない。

「後から現場に駆けつけた俺と違って、仁木さんとずっと一緒におったお前の事情聴取は、さすがに長かったな。じき、朝やで」

夏神の落ち着いた声と温かな手のひらの感触が、海里を驚くほど穏やかな気分にさせてくれる。

彼はしょぼつく目を閉じ、頬を夏神の手に預けたままで口を開いた。

「疲れた。もう、死ぬ程疲れた。……仁木さんがこんな状態だから、事情がフルにわかるのは俺だけだってのは重々承知だけど、それにしたって、俺、犯人でもなんでもねえのにさ。泣きたくなるくらいいっつか、発作的に『俺がやりました!』って口走りそうになるくらい、根掘り葉掘り訊《き》かれまくった」

そんな泣き言を、夏神はうんうんと頷《うなず》きながら聞いてやる。

「事情聴取の途中で、仁木さんの手術は無事に終わって、命に別状はないって聞いたけど、マジ? 傷、どのくらい酷いの?」

そう訊《たず》ねながら、海里はゆっくり目を開けた。夏神は、海里の頬をピタピタと叩いて手を離した。

「おう。腹にナイフが深々と刺さっとったわりに、奇跡的に重要臓器は逸《そ》れとったらしい。言うても決して軽傷やないけど、この程度で済んでよかったて、執刀した先生が言うてはったわ。手術も、最初言うてたより全然早《はよ》う終わったしな」

それを聞いて、海里は少しホッとして顔面の筋肉を緩めた。

「そっか……。よかった。意識は?」

「そろそろ麻酔が切れてもええ頃みたいやけどな。……なあ、来たばっかしで悪いけど、ちょー、仁木さんを見とってもろてええか？　さっきから便所行きたいねん」

「いいよ、どうぞごゆっくり。俺、仁木さん見ながら、ちょっと休憩するし」

海里は口の端だけでちょっと笑って頷く。その整った顔には、濃い疲労の色が滲《にじ》んでいた。

「おおきに。ほんならちょっと外の空気でも吸うて、帰りに何ぞ自販機で買うてくるわ。何、飲みたい？」

「んー。甘くて熱い缶コーヒーか、コーンスープ。つぶつぶが入ってる奴」

「よっしゃ。あったら両方買ってきたる」

ニッと笑ってそう言い、夏神は病室を静かに出ていった。

海里は、しょぼつく目を擦《こす》りながら、まだ眠り続ける涼彦を見た。

涼彦は苦しげな顔をしていたし、その顔は海里よりなお白かったが、状態は悪くないのだろう。酸素マスクは着けられていなかった。

右腕に取り付けられた点滴のプラボトルから、輸液がポタポタとゆっくり落ちていて、見ていると何となく眠気を誘われる。

「無事でよかった……。や、無事じゃねえけど、酷いことにならなくてよかった」

『まったくでございますね』

シャツのポケットの中から、小さな声がした。言うまでもなく、眼鏡の姿になり、主《あるじ》の事情聴取にこっそり付き合っていたロイドである。

そんなロイドに、海里は囁《ささや》き声で問いかけた。

「見えるか？」

『はい。また一段と薄くなった感はございますが、確かに』

「だよな」

海里は同意して、涼彦の胸から下を覆っている布団を腹のあたりまでそっとめくってみた。

あのマフラーが、これまでと同じように、涼彦の身体に巻き付いている。

ただ、もう色彩がほとんどわからないほど、透けて、薄くなってしまっていた。

「お前は見てないんだよな、ロイド。仁木さんが刺される寸前、このマフラーが、急にストーカーのナイフを持ってる手に巻き付いて、すっげえ光ったんだよ。それこそ、真っ白に」

『さようで……。あるいは、マフラーが下手人の手に巻き付き、動きを制限することで、仁木様のお命を救おうとしたのやもしれませんな』

「仁木さんを助けた？　だけど仁木さん、そんなマフラーが自分に巻き付いてるんなら、近々死ぬかも、みたいなこと言ってたぞ」

『そうでございますねえ……。仁木様はさように仰《おつしや》っておいででしたが、そのマフラーから、呪いや祟《たた》りといった暗い念は感じないのでございますがねぇ』

「そうだな。どうなってんだか」

言葉の最後のほうは、欠伸《あくび》で滲んだような喋《しやべ》り方になってしまい、海里は苦笑いした。

一時は死を覚悟するような特大のトラブルを経験し、その後、芦屋警察署の寒々しい小部屋で、何時間も事情聴取を受け続けた疲れが、大波のように覆い被《かぶ》さってくる。ものを考え続けるのが難しくて、海里は思わずぼんやりしてしまった。

「う……」

そのとき、低く呻《うめ》いて、涼彦がうっすらと目を開けた。

海里はハッとしてロイドとの会話をやめ、立ち上がって涼彦の顔を覗《のぞ》き込む。

「仁木さん!?　大丈夫？」

「……おとうと」

乾いてかさついた唇を微《かす》かに動かして、涼彦は掠《かす》れ声を出した。恐ろしく頼りない声ではあったが、海里はホッとして椅子にどすんと座り直す。

「よかったあ。マジで刺されたとこ見たときは、死ぬんじゃないかと思ってた。大事な臓器は無事だったんだってさ。命に別状はないって。よかったな」

さっきの夏神のコメントをそのまま伝えて、海里は微笑んだ。

しかし涼彦は、ぼんやりした眼差《まなざ》しで海里の顔を見上げ、「変だ」と呟《つぶや》いた。

「何がさ？」

「俺は……まだ、生きてるのか。あのマフラーが……俺を殺す、と、思ってたのに」

「……あのさあ、なんでそんな物騒なこと、思っちゃうかな。前にも言ったけど、そんで今も仁木さんの身体に巻き付いてるけど、その半透明マフラー、仁木さんを呪ったりはしてないと思うよ？」

そんな海里の言葉に、涼彦は酷く気怠《けだる》げな溜《た》め息をつき、よほど注意していないと聞き取れないくらいの声で呟いた。

「あの人が……何だって嘘をついたのかは……わからん。けど……俺が、俺が……いれば、あの人は……死なずに済んだ……。俺が……」

涼彦の声はさらに微かになり、酷く聞き取りにくい。海里は腰を浮かせ、涼彦の口元に耳を寄せた。

「仁木さんが？　何？」

「俺が……あんなに」

自分があんなにあっさり手を離したことを、彼女は死の瞬間、恨んだんだろう。だから、その怨念《おんねん》がマフラーになって、俺に取り憑《つ》いてるんじゃないか。

そういう意味合いの呟きを切れ切れに漏らし、涼彦はゆっくりと目を閉じた。

苦しげな浅い寝息が、薄く開いたままの唇から漏れる。

「なんで、そんなふうに思い込んじゃってんのかな、仁木さん」

海里は、困り顔で呟いた。

『まだ、お口が動いています』

「えっ？」

ロイドの指摘に、海里は慌てて涼彦の口元を見つめる。吐息にほんの少し色がついたくらいの声を、どうにか聞き取ろうとする。

再び意識を失う寸前、涼彦はただ一言、おそらくはこう言った。

「俺が、一緒にいさえすれば」と。

「思い詰めてんなあ……」

海里の嘆きの声に、ロイドも『本当に、良くも悪くも一本気な方でいらっしゃいますな』と困ったような声を出す。

そのとき、海里はハッとした。

うっすらしたマフラーが、さっきの事件現場と同じように、ごく一部をゆるりと解き、涼彦の身体から離れたのである。

それはまるで、大きな蛇が頭をもたげたように見えた。

海里は驚いて、眠そうな目を大きく見開く。

「な……何だ？」

蛇の頭にあたるところは、当然、マフラーの端っこなのだが、そこがまるで誘うように、ゆっくりヒラヒラと動いている。

『これは、もしや』

ロイドが何か言いかけたそのとき、夏神が病室に戻ってきた。

「おう、お待たせ。コーンスープはなかったから、缶コーヒー買《こ》うてきたで」

そう言うと、夏神は海里に小さな缶コーヒーを差し出す。

「……サンキュ」

礼を言って受け取ると、海里は冷えた手を缶で温めながら、コーヒーを一口飲んだ。

リクエストしたとおり、十分に熱くて甘いミルク入りのまったりしたコーヒーが、胃といわず、喉《のど》を通るだけで、身体じゅうの細胞にじんわりと染み渡っていく感じがする。

「はあ、前代未聞に旨《うま》い。超生き返った。……なあ、夏神さん」

「うん？」

「さっき、仁木さん、ちょっとだけ目を覚ました」

「へ？　ホンマか？」

自分も同じコーヒーを飲みながら、夏神はギョロ目を見張る。

海里の手前、元気そうに振る舞っている夏神だが、暗がりに慣れた目で改めて見ると、彼の野性的な顔にも、疲れが影を落としている。

彼は彼で、先に現場へ向かった涼彦と海里のことを、うんと案じてくれていたに違いない。

「うん。すぐまた寝ちゃったけど。……あのさ、夏神さんには、やっぱマフラー、見えない？」

海里が改めて訊《たず》ねると、夏神はしばらくじっと涼彦を見ていたが、力なく首を横に振った。

「見えへんな。まだ、あるんか？」

海里は頷《うなず》き、涼彦が刺される前と今、目の前で起こっているマフラーの変化について、夏神に説明した。

「なるほど……。仁木さん自身は、なんでかわからんけど、『彼女』に突然、嘘までついて遠ざけられた。そのせいで、護衛がおらんようになった『彼女』が、ストーカーに殺された。なんで遠ざけられたんかはわからんけど、自分に何ぞ落ち度があったはずやし、『彼女』の死にも責任がある……そう思うてはんねんな」

「そう。で、そのことを『彼女』が恨んでて、マフラーはその怨念の権化……みたいに思ってんじゃないかな」

「せやけど、お前とロイドはそうは思わんのやろ？　悪いもんやないて言うてたもんな」

海里は頷き、しばらく考えてから、こう言った。

「今さ、そのマフラーが、たぶん俺を呼んでるんだ」

夏神は、飲み干した後の缶を手のひらで転がしながら、いつもより腫《は》れぼったいギョロ目を見張った。

「呼んどる？」

「何か、伝えたいことがあるんじゃないかな。マフラーが、っていうより、俺の想像だけど、マフラーを仁木さんに編んであげるはずだった、『彼女』が、さ。仁木さんはマフラーが見えないから、見える俺に、伝えてくれって言ってるのかなって思うんだ」

ふむ、と小さく唸《うな》って、夏神はうっすら髭《ひげ》が生え始めた顎《あご》に触れた。

「せやけど、お前は躊躇《ためら》っとるみたいやな？」

海里は、困り顔で頷く。

「だってさ、このマフラーに触って俺が知っちゃうことって、仁木さんがずっと心の底に抱えてきた、滅茶苦茶パーソナルで、たぶん重いことだろ？　こないだ知り合ったばっかりの俺が、本人の知らないとこでほいっと見ちゃっていいのかな。どう思う?」

答えを求めるように、海里は夏神を見る。だが夏神は、よれた笑みを浮かべて、海里を見返した。

「そら、俺にはわからん」

「ええ。薄情だな!」

「どうするのが正解か、わからんっちゅう意味や。本人に訊ねたら、仁木さんの性格やったら、ほっといてくれ、触らんといてくれって言いはるやろ」

「と、俺も思う」

「それはそれで、本来は尊重せんとあかん意志や。もうええ歳の大人やねんし、過干渉はようない」

「……うん」

「せやけど仁木さん、ホンマんとこ、ずっとしんどかったと思うんや。刑事としても、刺されるほど向こう見ずな仕事っぷりっちゅうんは、どっかで無理しすぎやねん。自分の命を、軽う扱い過ぎや。それは、お前の兄貴も、たぶん、死んだ『彼女』も、全然望まんことやろ。今度みたいなことは、二度とあってほしゅうないと思うはずや」

夏神が言葉を探しながら語ることに、海里は幾度も小さく頷きながら耳を傾ける。

「お前の恐れもわかるし、人の心に土足で踏み込んだらアカンっちゅう気持ちを持つことは大事やとも思う。せやけど、本人が受け取られへんメッセージを、お前が代わりに受け取って届けたるだけ……単純に、そう思うこともできるわな」

「ん……」

しばらく黙って考え込んでから、海里は、そっと胸ポケットの上からロイドに触れた。

「なあ、ロイド。俺、夏神さんに言われたからそうするんじゃなくて、俺がそうしたいから、マフラーの声、聞こうと思う。理由は、好奇心とかじゃないぞ？」

『では、なにゆえです？』

ロイドは、静かに問いかけてくる。

それに対する答えを、既に心に据えていたのだろう。海里は、即座に答えた。

「たぶんこのマフラー、ずっと仁木さんと一緒にいたんだろ。その間に、仁木さんが『彼女』とのことで思うところがあるみたいに、マフラーのほうにも、『彼女』絡みでやっぱり思うところがあるはずだ。……こいつ、だいぶ薄れてきてるから、たぶん、こいつの想いを読み取ってやれるチャンスは、今だけだと思うんだ。だから」

『仁木様のお怒りを買うことになってもですか？』

「仁木さんだけじゃなく、もしかしたら兄ちゃんにも、余計なことをしやがってって殴られるかもな。それでもさ、一度も気付いてもらえず、一度も想いを伝えられずに消えていくのは、寂しすぎるだろ。俺が殴られるくらいで済むなら、伝えてやりたいんだ。だから……力、貸してくれねえかな」

おずおずと助力を頼む海里に、ロイドは温かな声で応じた。

『ようございますよ。我が主《あるじ》がお決めになったことでしたら、このロイド、不肖の眼鏡ながら、心してお手伝い致します』

「サンキュ。殴られんのは、あくまでも俺だけだから。安心しろ」

そう言うと、海里はポケットから、ロイドを引っ張り出した。

年季の入ったセルロイド眼鏡のつるをゆっくり開き、高く通った鼻筋に載せる。

覚悟を決めるために、そして意識を集中するために、海里は一つ、大きく深呼吸した。それから、海の中で揺れる海草のように揺れながら、海里を緩やかに誘い続けていたマフラーに、おずおずと右手を伸ばす。

指先が、半ば透き通ったマフラーの先端に触れたと思ったその瞬間、幅広の柔らかそうなマフラーは、蛇のように海里の右腕に巻き付いた。

幻のマフラーなのに、シャツの上からでも確かな温《ぬく》もりを感じる。

優しい、包み込むような、じんわりした熱だ。たとえるならば……人肌のような。

やがて、さっき、涼彦が刺されたときのように、だがあのときよりはずっと優しく、マフラーが光り始める。

その光は眠る涼彦の全身を包み、やがて海里の右腕にも伝わっていく。

「……あ……」

それと同時に、伊達《だて》眼鏡のはずのロイドのレンズを通して、海里の目には、まるで空中に浮かんだスクリーンで映画でも見ているように、ハッキリした映像が見え始めた。

今と基本的には同じ、けれどもっと幼さの残る、ブレザー姿の涼彦の姿だ。

高校時代の彼だ、とすぐにわかった。右手には、使い古された学校規定のレザーバッグが提げられている。

「さ、上がって。散らかってるけど」

そんな女性の声に応《こた》えて、少し躊躇いながらも、どこかふてぶてしい顔で、ぶっきらぼうに「そんじゃ、お邪魔します」と言って、十代の涼彦は、アパートの小さな部屋に入ってくる。

(ああ、やっぱり)

海里の緊張で強張《こわば》っていた顔が、ゆっくりと緩んでいく。

それはおそらく、いや、間違いなく、「彼女」の見た光景だった。

年下の頼もしい用心棒を見る眼差《まなざ》しの、何と優しいことか。

光景と一緒に、視線の主……「彼女」の気持ちが、じんわりと海里の胸に染み通る。

（そうか。そういうことか……。ああ、俺、勇気を出して、あんたの気持ち、受け取ってよかった。仁木さんに、ずっと伝えたかったんだよな。さすが兄ちゃんの友達、仁木さんもたいがい鈍いや）

どこまでも温かい、けれど知ってしまえばとても切ない、遠い日の「彼女」と涼彦のひとときを覗《のぞ》き見ながら、海里はある決意を固めつつあった……。


海里が再び涼彦の病室を訪ねたのは、それから一週間後の午後のことだった。

事件当日の夜に比べれば、ベッドの頭を上げて横たわった涼彦は、とても元気そうに見えた。

「よう、今度は弟か」

そう言って軽く上げた片手にも、ちょっと決まり悪そうな笑顔にも、生気が戻っている。さすがに少し痩《や》せてしまってはいるが、経過はおおむね良好そうだ。

「こんちは。今度は、って何？」

病室に入った海里が、持参の荷物を病室備え付けの小さなテーブルに置いてベッドに近づくと、涼彦はベッドサイドに置かれたスマートホンを指さした。

「お前が勝手に連絡しちまったから、一憲の奴が毎日来るんだよ。外周りの仕事の合間とか、仕事帰りとか。そんで、ほぼ毎日、同じ説教をしていきやがる。犯人に刺されるのは、準備と心構えが足らず、警戒心が緩んでいたからだ……とか何とか」

いかにも迷惑そうに、そのくせどこか嬉《うれ》しそうにそんな文句を言う涼彦に、海里はへへっと笑って言い返した。

「だって、黙ってたら俺が怒られるもん。ことあるごとに説教される、俺の苦労がちょっとはわかったっしょ。つか、傷、どう？　まだ痛い？」

するとパジャマ姿の涼彦は、小さく笑って、臍《へそ》のあたりを布団の上から押さえた。

「まあ、さすがに刺されちまったからな。痛いっちゃ痛い。けど、ずいぶんマシになった。……事件の夜、朝方までついててくれたんだってな。マスターも一緒に」

海里は何げない様子で頷《うなず》いた。

「うん。ホントはちゃんと目が覚めるまでいたかったんだけど、俺が慣れない事情聴取でヘロヘロになっちゃったからさ。明け方に、あとは看護師さんと警察の同僚の人たちに任せようってんで、夏神さんに連れて帰られた」

「ああ……それも悪かったな。俺がひっくり返ってたせいで、情報を引き出せる人間が、お前しかいなかったんだよ」

「うん、それはわかってるけど、あんなに細かくあれこれ訊《き》かれるとは思わなかった。絶対犯罪に手を染めないで生きようって超思った」

「はは、それなら、うっかり巻き込んじまった甲斐《かい》があったな。……篇内さん……事件の被害者も、ほんの軽傷で済んだらしいし、犯人も現場で確保されたし、お前たちのおかげで、最悪の結果にならずに済んだ。……本当に、ありがとうな。……いてて」

そう言って、涼彦は傷が許す限り、深く頭を下げた。

「ちょ、そういうのいいから！　確かに、殺されかけたのは初めてだったから、未《いま》だにちょっと夢に見るけど、貴重な人生経験だったし」

海里は、慌ててそんな彼の肩を押してお辞儀をやめさせ、枕に頭を預けさせた。

「それよりさ、兄ちゃんから、思ったより全然元気そうだし、もう普通食食えるようになってるし、おやつの差し入れも、この病院はオッケーだって聞いたから、持って来たもんがあるんだよね」

「……ますます、悪いな。退院してから、恩返しに苦労しそうだ」

本当に済まなそうにそう言って、涼彦は「どうしたものか」と言いたげな顔をする。

海里は、これから自分がしようとしていることを思い、胸の痛みを感じつつも、枕元に立って、こう言った。

「あと……ごめん、先に言っとく。殴りたくなったら、いくらでも殴っていいけど、できたら最後にまとめてほしいんだ」

そんな唐突な発言に、涼彦はあまり大きくない目を見張る。

「……あ？　何で怪我人の俺が、お前を殴らなきゃならねえんだ？」

「殴られそうなことを、これから言ったりやったりするから」

「いや……できたらやめてくれ」

「そうはいかないんだよね。俺、やるってもう決めたから」

「……はあ？」

さすがに少々険しくなった涼彦の表情をよそに、海里はテーブルに置いてあった紙袋をベッド脇に持ってきた。そして、おもむろにこんなことを言った。

「差し入れを準備するからさ。ちょっと、目をつぶっててくれないかな？」

「あ？　何で？」

「サプライズだから！　こないだは現場に付き合ったんだから、今度は仁木さんが俺に付き合ってくれる番だろ？」

「……別に、現場に付き合ってくれと頼んだわけじゃないんだけどな！」

そんな不満を口にしながらも、いかにも渋々といった様子で、涼彦はギュッと目を閉じる。薄目を開けるようなズルを決してしないところが、いかにも一悳の親友といった趣だ。

海里は、ベッドの足元にあった移動式のテーブルを涼彦の腹の上あたりに持って来て、そこに、持参の品を並べ始めた。

目尻《めじり》に皺《しわ》が寄るほどきつく目をつぶった涼彦は、犬のように鼻をうごめかせる。

「おい、妙にいい匂いがするぞ」

「でしょー。もうちょっと待って」

すべてを並べ終えてから、海里は「いいよ」と声を掛けた。

「……おう」

涼彦はゆっくりと目を開け……そして、海里が想像していたとおり、驚愕《きょうがく》の表情で息を呑《の》んだ。

「お……お前、これ、これ……っ」

テーブルの上を指す指が、早くもブルブルと震えている。さっきまで血の色が差していた涼彦の顔が、みるみる青ざめていくのがわかった。

海里は、いつ拳骨《げんこつ》が飛んで来てもいいように、腹に力を入れて答えた。

「仁木さんが刺された夜……ってかもう朝方だったけど、俺、仁木さんの身体に巻き付いてるマフラーに触ったんだ。そんで……マフラーが見せてくれたものを、見たまんま作ってきた」

そう言って、海里はテーブルの上に視線を向けた。

涼彦は、瞬《まばた》きも忘れ、ただそこにあるものを凝視し続けている。

海里が並べたのは、最初で最後に、涼彦が「彼女」の自宅に上がったとき、「彼女」が就職祝いに作ってくれた、ご馳走《ちそう》だった。

例の、ホワイトアスパラ缶詰や、茹《ゆ》でモヤシカレー風味が入ったサラダ、玄米入りのご飯、卵味が特徴的なふりかけ、それにキャベツや人参といった、半端に残った野菜を入れた味噌《みそ》汁。

そして、何よりメインの、ふっくら焼き上げたハンバーグ。付け合わせは、エリンギのソテーと、牛乳とバターで伸ばしたふわふわのマッシュポテトである。

ハンバーグとマッシュポテトの上には、デミグラスソースがたっぷりかかっていて、実に旨《うま》そうだ。

「店で作って、すぐ持って来たから、まだ温かいよ。食べられそうだったら、食べてみてほしいんだけど」

そう言って箸《はし》を差し出す海里の顔を、涼彦は殴るどころか、魂が抜けたような顔で見上げた。

「だってお前、これ……これは」

「だから、見たんだって。『彼女』の視点で、お祝いの夕食風景、俺、見せてもらったんだ。マフラーが確かにあることも、その記憶を見せてもらったことも、こうやって、『彼女』の手料理を再現してみせたら、信じてもらえるかなと思って」

「………」

「前に、サラダ食べたいって言ったときにさ、仁木さん、『は……』って言いかけてやめたでしょ。あれ、ハンバーグって言いたかったんだろ？　だけど、ハンバーグなんて作る人によって色々違うから、同じものが食えるはずない。期待したのと全然違うのが出てきても困るからやめとこう。そう思って言わなかったんじゃね？」

「！」

図星だったらしい。涼彦が酷《ひど》く気まずそうな顔をしたので、すぐにそれと知れる。

だが同時に、彼の精悍《せいかん》な顔には、露骨な警戒の色が滲《にじ》んだ。

「見ただけか？」

海里は、真顔で小さくかぶりを振る。

「会話も聞いた。……全部じゃないだろうけど、マフラーが……つか、『彼女』が仁木さんに伝えたかったことは、俺が全部受け取った。でもって、仁木さんが、それを聞きたくても聞きたくなくても、俺、伝えようって決めたんだ」

「何を勝手なことを」

「勝手は承知だよ。だから、あとで殴っていいって言った。でも、今は……伝えなきゃいけないこと、俺、その料理に込めたから。食ってみてくれないかな。一口ずつでもいいから」

「……………」

それでもなお、爆発寸前の青白い顔で沈黙していた涼彦は、やがて、海里の手から乱暴に箸を引ったくった。

「お前を危険な現場に巻き込んだ、その償いとして、今だけは言うことを聞く。けど、殴りたくなったら殴るぞ。本当に。利き手の拳《こぶし》で容赦なく殴るからな」

「いいよ」

海里は頷《うなず》き、本来の眼鏡姿のロイドを涼彦に差し出した。

「言うこと聞いてくれるついでに、これも掛けて」

「は？」

「いいから。この眼鏡を掛けて、そのご馳走、食べてほしいんだ」

「……何なんだ、お前は。何がしたいんだ」

「今、言ったまんまのこと」

「……くそッ！　……っッ」

やはり、力むとまだ腹の傷が痛むらしい。心底忌々しそうに、涼彦は箸をテーブルに叩《たた》きつけ、眼鏡を引ったくって掛けた。

「こんなことして、何が伝わるってんだ。……こんな、悪趣味な」

「いいから、食べて」

海里は、重ねて勧めた。

「……」

視線で人が殺せるなら、海里は今頃、十回は死んでいただろう。そのくらい険しい視線を海里に注ぎながら、涼彦は迷わずハンバーグの皿を引き寄せた。

柔らかなハンバーグを箸で大きく切り取り、ヤケクソの勢いで口に放り込む。

二度、三度と咀嚼《そしゃく》するうち、苛立《いらだ》ちに満ちていたその顔に、ゆっくりと驚きの表情が浮かんだ。

「嘘だろ……。あの人が作ってくれたのと、まったく同じ食感、同じ味だ」

「だから言ったろ。作るとこも見たから。合挽肉《あいびき》に、木綿豆腐を少し。牛乳多め。ナツメグ多め。デミグラは、缶詰の奴に、ケチャップと醤油《しょうゆ》とウスターソースで味付け」

「……そうだ。俺も少しだけ手伝ったから、覚えてる。確かにそんな感じだった」

今度は、とろりとしたマッシュポテトを上に載せて、ハンバーグをもう一口。

それから、芳《こう》ばしい玄米入りご飯を一口、味噌汁を一口、サラダを一口。

二十年近く、ずっと胸の中にあった、ただ一度のご馳走。

それを目の前にして、夢中で食べ続ける涼彦を見守りながら、海里は言った。

「伝わる？　仁木さんには決して言わなかった、『彼女』の気持ち。……どうして、新しい彼氏が出来たなんて嘘をついて、仁木さんを遠ざけたか。わかる……？」

涼彦は何も答えず、ただもう一口、ハンバーグを味わった。

それから静かに箸を置き、自分の身体に視線を落とす。

「……見える」

「何が？」

「マフラー。……お前が言ってたとおりの奴が。あの人が、編んでくれるって言ってた奴が。おい、変だぞ。お前、ハンバーグに何入れた？　透けてるマフラーは見えるわ、何だか変な映像みたいなのが見えるわ。……しかも、こいつは目じゃなくて、頭ん中に見えるのか？　気持ちの悪い感覚だ。待て、見たくないぞ、こんなもの」

不安を露《あら》わに、涼彦は海里のシャツの胸元を摑《つか》む。だが、その手を優しく外して、海里は囁《ささや》いた。

「それが、仁木さんとずーっと一緒にいたこのマフラーが、『彼女』が、伝えたかったことだよ。怖がらないで、見て……聞いてあげてほしいんだ」

「…………」

涼彦は、呆然《ぼうぜん》と虚空を凝視している。

傍目《はため》には、彼がただ放心しているように見えるだろう。

だが、海里にはわかっていた。

彼が再現した思い出の料理とロイドの力を借りて、涼彦は、事件の夜、「彼女」の眼差《まなざ》しと心が捉《とら》えた「最後の晩餐《ばんさん》」を、そしてその後に起こった一連の出来事を、ありありと追体験しているのだと。

「……まさか……そんな」

掠《かす》れ声で呟《つぶや》く涼彦に、海里は静かな声で言った。

「仁木さんは、『彼女』のことをお姉さんみたいに思ってたけど、『彼女』のほうは、少しずつ、仁木さんのことが男として好きになってたんだ。だから、家に上げたし、手料理を振る舞った」

「だけど、俺は……」

「ゲイだってわかってても、好きになっちゃったら仕方ないじゃん。でも、仁木さんを困らせるだけだから、告白はしなかったんだ。ただ、想う気持ちをマフラーに込めて、仁木さんに持っててほしかった。だから、編んであげるって言ったんだよ」

「俺は……俺は、そういうこと……全然わからなかった。俺を遠ざけたのも、本当に新しい恋人ができたからだって……そう、思い込んでた。ストーカーも、諦《あきら》めたとばっかり思ってたんだ。本当に」

涼彦が何を見ているか、海里には手に取るようにわかった。

涼彦たちがいなくなった、諦めたと思い込んでいたストーカーは、ただひたすらに「彼女」を観察していたのだ。

そして、ついに涼彦を部屋に上げたことに、ストーカーは激怒した。彼の妄想の中では、「彼女」は彼の恋人であり、涼彦を部屋に入れたことは、重大な、許すべからざる裏切りだったのだ。

そこで彼は、真っ昼間、「彼女」が働く喫茶店を客として訪れ、こう警告した。

涼彦の身元は調べ上げた。彼が、「彼女」のアパートに出入りする写真も撮った。サッカーのプロチームに入団が内定していることもわかっている。もし、これ以上彼と一緒にいるようなら、お前もただではおかないし、涼彦の将来も滅茶苦茶にしてやる。この写真を近所や学校、週刊誌にばらまいて、素行不良を言いふらしてやる……と。

「だから……だからあの人は、急に俺を遠ざけたのか。嘘までついて」

マフラーが見せる過去の記憶が途切れたのだろう。涼彦は静かに眼鏡を外した。

さっきまでの荒っぽさはどこへやら、丁寧に畳むと、海里に差し出す。

海里は、小さな声でロイドに「ありがとな」と礼を言うと、ポケットに戻した。そして、枕元のパイプ椅子に腰掛け、項垂《うなだ》れた涼彦の顔を、じっと覗《のぞ》き込んだ。

「好きだから、困らせたくなかったんだ。巻き添えにも、したくなかった。仁木さんを、守りたかったんだよ、『彼女』は。……だから、またひとりになった『彼女』にストーカーが近づいたとき、敢《あ》えてちょっと相手をして、仁木さんの写真を取り返そうとした」

「だが……交渉をしくじって、逆上したストーカーに殺された……俺のせいだ。やっぱり、俺のせいだ」

涼彦は両手で頭を抱える。

だが海里は、強い口調で「違うよ！」と言った。自分を見ようとしない涼彦の耳元で、静かだが熱の籠《こ》もった声で諭す。

「そうじゃない。仁木さんがそんな風に思っちゃったら、『彼女』が悲しいよ。今はわかるだろ？　仁木さんに巻き付いてるマフラーが、どんだけ温かいか。どんだけ優しいか。……まるで、仁木さんを抱き締めるみたいに巻き付いてる。想いをマフラーに込めて、せめてそれだけは、仁木さんが就職して街を出て行くまでに、プレゼントしたかったんだと思う。でも、それが叶《かな》わなかったから、『彼女』の想いがそのままマフラーに姿を変えて、仁木さんにずっと寄り添ってたんだよ。……祟《たた》りなんかじゃないって、感じられる？」

「………………」

抱えたままの涼彦の頭が、ごくわずかに上下する。海里は、小さく微笑んで言った。

「仁木さんが刺されたときにさ、そのマフラー、ストーカーの手にぐるぐる巻き付いて、目が眩《くら》むくらい光ったんだ」

「……そう、なのか？」

「うん。最初は何なのかわかんなかったけど、あれ、マフラーが……『彼女』の気持ちが、残された精いっぱいの力で、仁木さんを守ったんだと思う。だから、思いきり刺されたのに、奇跡的に大変なことにはならずに済んだ」

「…………」

涼彦は、ゆっくりと両手を頭から下ろした。

そして、ごく微《かす》かに見えるマフラーを、その手の平でおずおずと、けれどとても優しく撫《な》でた。

「俺は……そんな風に想ってくれてるなんて全然知らなくて……しかも、ずっと一緒にいて、守ってくれてたなんてことも、ちっとも知らなくて。くそっ、俺はいったい、何やってんだ」

食いしばった歯の間から、押し殺した声が絞り出される。

「ありがとう。……ありがとうしか言えないけど、今さら言ったって遅すぎるけど、サッカーが出来なくなったとき、俺を刑事の道に進ませてくれたのは、あんたの記憶だ。今、こうして俺が生きてるのは……俺を生かしてくれてるのは、あんたなんだ」

でも、もう、何もしてやれない。何も返してやれない。

こらえきれない嗚咽《おえつ》と共に、そんな嘆きの声と大粒の涙が、幻のマフラーに落ちる。

一滴、二滴と、落ちた涙は、もはやぼんやりしたシルエットしか見えないマフラーに、静かに染みこんでいく。

ありがとう。

穏やかな女性の声が、海里にも、涼彦にも、そしてポケットの中のロイドにも、確かに聞こえた。

「あの人の声だ。……どこに……!?」

涼彦は、慌ただしく部屋じゅうに視線を走らせる。だが結局、彼の目が戻ってきたのは、徐々に薄らいでいくマフラーの上だった。

わたしのためにないてくれた、それでじゅうぶん。

再びふわりと宙に浮いたマフラーは、別れを惜しむように、愛《いと》おしむように、涼彦の頭を撫で、頬を包み、首筋を、肩を抱いた。

「そんなことで……二十年が報われるわけねえだろ！」

後から後から溢《あふ》れてくる涙を拭《ぬぐ》いもせず、涼彦は駄々っ子のように尖《とが》った声を上げる。

だが、優しい声は、涼彦を宥《なだ》めるように囁いた。

しんだからこそ、いっしょにいられた。わたしは、それでしあわせ。きづいてくれたから、きえるのも……さびしくない。

「消えるって……今、やっとそこにいるのに気づけたのに、消えちまうのかよ」

涼彦は思わず両手で、マフラーを捕まえてこの場に留《とど》めようとする。

だが、その手は虚《むな》しく宙を摑んだ。

マフラーは、淡雪が消えるように儚《はかな》く、下端のほうから徐々に姿を消していく。

最後に残った上の端が、名残惜しそうに涼彦の頰を撫でて消え、病室には、涼彦と海里、それに眼鏡のロイドだけが残された。

「くそっ……！」

誰にともなく、あるいは自分に向けて声を荒らげ、涼彦は布団を拳《こぶし》で叩《たた》いた。そしてパジャマの袖《そで》で、いささか乱暴に頰の涙を拭《ふ》いた。

「何の見返りもなく、ただ傍にいられるだけで幸せとか、そんな馬鹿げたことが……」

海里は、ポケットから引っ張り出したハンカチを、何となく差し出しかねてまた戻しながら先を促した。

「馬鹿げたことが？」

「あるんだって、嫌になるほど、俺は知ってる。……だから、わかったよ。嘘じゃなく、強がりでもなく、あの人は、ただ黙って俺を守って、俺に寄り添って、本当に幸せだったんだって。わかるんだよ。だから、俺が、あの人が俺を恨んでるんだろうなんて思い込んでたことが、かえってあの人を傷つけて……つらかっただろうな」

少し落ち着きを取り戻した涼彦に、椅子に座った海里も頷《うなず》いた。

「その勘違いと、ストーカー事件になると自分を捨てるような働き方をしちゃうところだけ、つらかったんじゃないかな。だからこそ、自分のせいで死なせまいとして、必死で守ってたんだと思う」

だから、これからは自重しないと、今度はオバケとしてリターンしてきちゃうかもよ、と海里はおどけた口調で言った。

そんな冗談でも言わないと、どうにもやりきれない気がしたのだ。

涼彦も、同じ気分だったのだろう。

「オバケでもいいから、次は俺にも普通に見える形で現れてほしい」と、海里の冗談に乗った。

それでようやく、二人とも、悲しいが温かい別れを、心の中に大事にしまいこむことができたような気がした。

マフラーの幻はもういないが、優しい人の思い出が、これからは涼彦を支えてくれるだろう。海里は、そう信じることができた。

「……せっかく作ってくれたし、思い出の味だし、全部食うわ」

そう言って、涼彦は再び箸《はし》を取った。

「嬉《うれ》しいけど、無理すんなよ。何だったら、元気になってからいつでも作るからさ。……つか、どうしても気になるから、毒を食らわば皿までの心境でもう一つ言ってもいいかな？」

「……嫌な予感しかしねえけど、何だよ？」

残ったハンバーグをもぐもぐと頬張りながら、涼彦は海里を赤い目でジロリと睨《にら》む。

「いやあ……なんかこう、ドサクサでさあ、わかっちゃったんだけど」

海里は頭を掻《か》いてそう前置きしてから、小声で探るように問いかけた。

「もしかしなくても、仁木さんの本命って……兄ちゃん、だよね？」

「んぐッ」

涼彦は、思いきり噎《む》せて咳《せ》き込む。海里は慌てて、涼彦の背中を手の平でさすった。

「あわわ……大丈夫？　水飲む？」

「……うう」

差し出されたペットボトルの水をごくごく飲んで、ようやく人心地ついた顔で、涼彦は海里を睨みつけた。

「てめえ……」

「あ、いや、だって。そう考えると、完璧《かんぺき》に筋が通るもん。高三でケンカして仲直りしなかったのは、一緒にいると片想いがつらくなるから、離れてたほうが楽だと思ったからじゃね？」

「………」

「で、さっき言ってた、何の見返りも求めずに、ただ傍にいるだけで幸せ云々《うんぬん》ってのも、特に付き合うとかじゃなくても、サッカー部で兄ちゃんと一緒にサッカーしたり、帰ったりするのが幸せって意味だったんじゃ」

ギリッと、涼彦の奥歯が鳴る音がしたと思うと、海里は思いきり、平手で頭をはたかれていた。

あまりの勢いに、若干の眩暈《めまい》がするほどだ。

「あだだ……ちょ、微妙に世界が回ってる！　酷《ひど》い！」

文句を言う海里に、涼彦は完全にむくれた顔で言い放った。

「殴られるよりはマシだと思え！　ったく、お前の勘の一割でも一憲が持ってりゃ、高二の夏くらいには、こっちの気持ちにも気付いてただろうよ。あいつ、鈍感にも程があるし、平気でバインダーに女性アイドルの写真とか挟むし！　好きな女優が出てるドラマの話を熱心にするし！」

「ぶッ」

思わず噴き出した海里は、もう一発頭を張られそうになって、慌てて両手でガードしながら言った。

「マジか！　兄ちゃん、学校でそんなことしてたのかよ？」

「あいつ、あんな顔してムッツリだからな。自分で雑誌を買う金が惜しいからって、クラスの連中が買って読み終わった奴を譲り受けて、お気に入りのアイドルの記事をそりゃもう几帳面《きちょうめん》にスクラップしてたぞ」

「うわあ……イタイ……！」

「高校生なんて、そんなもんだ。……とはいえ、毎度毎度、小さくて可愛い女の子が大好きアピールをされてみろ。告白なんか、夢のまた夢だろうが」

当時の涼彦の苦悩が少しだけわかった気がして、海里は力なく呟《つぶや》いた。

「兄ちゃんも、罪な奴だなあ」

「まったくだ！　で、二十年ぶりに再会してみれば、結婚したばかりだときた。最悪のタイミングにも程がある。さすがにこの歳になったら、独身ならちょっと口説いてみよう、くらいには思うものをだな……。まあ、嫁さんに会ってみたら、物凄《ものすご》くいい人だったから、俺もつい、祝福する気分になっちまったけど」

「……あ、駄目。俺、ちゃんと理解あるっていうか、抵抗はないほうなんだけど、仁木さんが兄ちゃんを花束持って口説いてるとことか想像すると、わりと死にそう。身内だとリアルすぎてちょっと」

　肩を震わせてそう言うなり、海里は両手で顔を覆ってしまう。

「オプションがおかしいんだよ！　おっさん二人がどうこうってときに、花束は要らねえだろ！」

「や……色気がなさ過ぎるから、花でも添えたほうがって思ったんだけど……すっげーおかしい」

「勝手な想像しやがって……！　いいか、一憲にこのことは絶対に内緒だからな。あいつは生真面目だから、そういうの知ったら、つまんねえ悩み方しそうだし。見込みがないなら、俺は友達として、末永く気楽につきあえるほうを選びたいんだよ。こっちは、恋心を墓場まで持っていく覚悟を、とっくに決めてるんだからな」

　厳しく念を押されて、海里はこくこくと素早く二度頷いた。

「そこは守る。俺も、兄ちゃんの新婚家庭に波風立てたくないし、兄ちゃん、仁木さんに再会できて、ホントに喜んでるからさ。……俺、片想いのつらさは経験ゼロだからわかんないけど、耐えられるんなら、兄ちゃんと親友でいてやってよ」

「そこは意地でも耐えるさ。俺だって、大事な親友の嫁さんを傷つけたくなんかねえ。まして、俺は刑事だし」

「あ、そうだった。しかも市民の皆様の生活を守る、生活安全課の人だ」

海里はポンと手を打つ。涼彦は、「そういうこと」とホロリと笑った。

だが、その笑みをすぐに引っ込めて、涼彦は海里の顔をジロジロと不躾《ぶしつけ》に見た。面食らって、海里は思わず片手を顔の前にかざす。

「何だよ、いきなり」

「いや……片想いゼロってことは、常にモテてたってことか?」

海里は自分を指さし、こともなげに答える。

「そりゃ、まあ。だって俺、小さい頃はお人形さんみたいにキュートだったし、学校に上がってからは、ちょっと危うい美少年だったし」

「よく自分で言えるな。さすが、全国に向けて、朝っぱらから『ディッシー!』なんて叫んでただけのことはある」

「いや、もうそれはいいから! いい加減、忘れろよ! とにかく、告白されても、したことはないんだ」

「はー、イヤミな奴だな!」

そう言って海里の額を指先で軽く突き、涼彦はさりげなくこぼした。

「そんな結構なモテ男とはな。一憲とは顔は全然似てないくせに」

「つか、兄ちゃんと顔が似てたら、俺、芸能界デビューはできてないと思うよ。兄ちゃんの顔はああだし。ほら、こう、ごつい」

海里は両手で一憲のエッジの効いた輪郭を表しながらそう言ったが、涼彦は真顔でこう言い返した。

「何を言う。お前なんかより、一憲のほうが百倍男前だ」

「……うっわー。すげえディスられた。正面切ってディスられた！」

「馬鹿野郎、お前をディスったんじゃない。一憲を褒めただけだ。何しろ、俺にとってはあいつが世界一の男前だからな。それは高校時代からずっと変わらん」

一憲とまったく違うタイプに見えて、この、自分の心に恐ろしく真っ正直なところは、そしてそれをてらいもなく言葉に出してしまうところは、涼彦も兄と似た者同士なのかもしれない……と海里は思った。

「わー、何すかそれ。長年の片想いの相手のことを、その弟に向かってのろけ放題とか、ちょっと新しいアピールすぎません？」

「いいだろ、別に。俺は、現時点では世界でただ一人、お前にしかのろけられねえんだよ。ちょっとくらいつきあえ」

「……確かにそうだな。まあ、いいけど。今頃兄ちゃん、くしゃみ連発だな」

呆《あき》れ果てた海里がそう言ったとき、噂をすれば何とやらで、ノックの直後、引き戸を開けて入ってきたのは、まさかの一憲であった。

しかも、入室するなり、一つ大きなくしゃみをする。

「!」

「すまん、書類をここに忘れ……何だ、海里も来ていたのか。おお、やけに豪勢な差し入れを……って、何だ? 何を二人して、薄気味の悪い笑顔でいるんだ?」

一憲は、最初、あまりにも唖然《あぜん》として自分を見ていた二人が、その直後、どう見てもこらえきれない爆笑発作に襲われていることに気付いて、角張った顔をしかめる。

そんな一憲の困惑をよそに、海里は「本命、来た!」と叫び、涼彦は、「うるせえ、黙ってろ!」と怒鳴り返し、顔を見合わせて、盛大に笑い崩れた……。


涼彦の見舞いを終えて、共にバス停まで歩く道すがら、海里は、夕日に照らされた兄の厳《いか》めしい顔を見上げた。

「なあ。変なこと訊《き》いていい?」

海里の問いかけに、一憲は訝《いぶか》しげに眼鏡を押し上げる。

「何だ? 質問にもよる」

「んー。兄ちゃんはさ、高三で仁木さんとケンカ別れしたとき、なんで仲直りしようと思わなかったんだ？　兄ちゃんは、人間関係を、『何となく疎遠になった』みたいなことで放り出す性格じゃないだろ？　何か……理由、あったのか？」

涼彦のほうには「片想いを諦《あきら》める」というわかりやすい理由があったが、一憲のほうにも、何か仲直りを躊躇《ためら》う理由があったのだろうか。

そんな海里の素朴な疑問に、一憲はしばらくムスッとした顔で黙り込んだ。

そして、深く嘆息してその延長で言葉を吐き出す。

「羨《うらや》ましかったんだろうな」

海里は形のいい眉《まゆ》を軽くひそめる。

「羨ましかった？　あ……サッカー選手を目指す仁木さんが？」

一憲は、決まり悪そうに頷《うなず》いた。

「ああ。ずっと同じ道を共に歩いてきたあいつが、急に眩《まぶ》しい、明るい道へひとりで走り出したことが……俺は心のどこかで羨ましく、妬《ねた》ましかった。自分で選んだ道だと思っていても、やはりあいつに会うと、心が揺れてしまいそうだった。だから……会わないことを選んだんだ」

「兄ちゃん……」

罪悪感で途方に暮れた海里の肩を、一憲は大きな手のひらで叩《たた》いた。

「今さら、お前がそんな顔をする必要はない。俺も若かった……いや、幼かったんだ。

だが、お互い夢を捨てたり夢に破れたりして、それでも精いっぱい生きて今がある。再会して親友に戻るには、最適なタイミングだったと思う」

「……仁木さんに会えて、よかった？」

「よかったとも。これからは、夜、お前の店で待ち合わせて食事というのもいいと思っている。あいつの職場から近いしな」

「あっ、いいね、それ」

海里が嬉《うれ》しそうな顔をすると、一憲も軽く口角を上げてこう続けた。

「俺が男友達と時々遊ぶと、奈津も気軽に女友達と夜に遊べて好都合なんだそうだ。別に、いつでも好きなだけ堂々と友達と遊べばいいと思うんだが、妙なところで義理堅い奴なんだ、奈津は」

「……なあ。結婚って、意外とめんどくさい？」

海里のそんな真っ直ぐな質問に、一憲は面食らって口を噤《つぐ》んだ後、何とも言えない微妙な顔で、曖昧《あいまい》に首を振り、こう答えた。

「結婚に限らず、友達づきあいでも近所づきあいでも仕事でも、相手が喜ぶようなやり方で、その人のことを大事にしようとするのは、面倒臭いし、難しいものだろう。だからこそ、相手を首尾よく喜ばせられたときには、ひとりでは得られない充足感や達成感がある。一つ屋根の下で、他者に配慮しながら生活するのは、確かに窮屈なこともある。しかし、感情のやりとりは、ひとりではできんからな」

「……深いな」

　さっきまでの涼彦と「彼女」の話、あるいは涼彦が一憲にずっと片想いしていたことを思い出すと、無骨な兄が朴訥《ぼくとつ》に語った人付き合いの極意のようなものが、今の海里の心には、強く響く。

　だがそんな弟の密《ひそ》かな感動には頓着《とんちゃく》せず、一憲は「そこでだ」と話題を変えた。

「あらたまって言うのも何だが、海里」

「あ？」

「小言の件だ」

　いきなりそう切り出されて、海里はいかにも嫌そうな顔をした。

「何だよ、唐突に。俺、兄ちゃんに小言を言われるようなことをした覚えはないけど？」

「今じゃない。この前、お前、言ってたろう。淡海先生がテレビに出ているのを見たとき……確か、昔、俺がお前のやり方を認めた上で、もっとポジティブな説教をしていれば、お前も素直に聞いたかもしれないと」

　海里は、指先で頬をポリポリ掻《か》きながら、しばらく考えた。

　確かに店で、そんな話をしたような気もする。だが、何故それを、兄が今になって持ち出してきたのかがわからない。

「言った……と思うけど、それが何？」

感謝の思いとは別に、やはりこれまでのあまりにもギクシャクした関係が尾を引いて、海里の口調はどうしても無愛想なものになる。

一憲も、いつもの仏頂面のままで、こんなことを言い出した。

「お前はその昔、素《す》っ頓狂《とんきょう》なデザインの、布地はペラペラ、仕立ては粗雑な服ばかり買っていた。俺はそれを、無駄な投資だとよく叱っていたな」

「……あー」

高校時代、毎日のように聞かされていた兄の小言を思い出し、海里は鼻筋に不愉快そうな皺《しわ》を寄せる。

「何だよ、いきなり嫌なこと思い出させんなよ」

海里は恨めしげにそう言ったが、一憲は大真面目に言葉を継いだ。

「今のお前は、好感の持てる、身の丈に合った質素な服装をしているようだ。それは好もしいが、いささか貧乏臭い。安物買いの銭失い、という諺《ことわざ》を知っているだろう」

「………」

「無論、普段はそれでいいが、一着くらいは、仕立てのいいスーツを買っておけ。お前は顔もスタイルも抜群にいいんだから、いいものを着れば、それだけ映えるはずだ」

「……は?」

いきなり小言からの絶賛を食らって、海里は目を白黒させる。

そんな弟の反応に、兄は実に不満げに言った。

「お前を認めつつ、ネガティブすぎないアドバイスをすればいいんじゃなかったのか! 俺は今、まさにそれを実践したつもりだぞ」

「う、うん……? した……ね?」

海里は曖昧に頷く。すると一憲は満足げにこう続けた。

「したとも。よし、次に、髪の色を黒に戻し、清潔感溢《あふ》れる短髪にしたのも、実にいいと思う。もう、二度と染めるな。パーマもかけるな」

突然髪の話まで持ち出されて、海里は見事な膨れっ面になった。兄と話していると、どうしても海里の表情は、高校時代に戻ってしまう。

「……いやいや。俺だって将来的に、ちょこっと緩いパーマくらいはかけてみたくなるかもじゃん。なんでそんな禁止事項を繰り出してくるんだよ? 実年齢に合ってて清潔感があれば、別にどんな髪型だっていいだろ?」

しかし、一憲は頑強に言い張った。

「駄目だ。これは心底、お前のために言ってるんだぞ」

「心底って……なんで、そこまで?」

「お前が生まれる前に亡くなったが、父方のお祖父《じい》さんは、見事な禿頭《とくとう》だった」

「とく……とう?」

「つまり、ツルツルということだ。四十代で突然、ほぼすべての髪が抜け落ちたらしい」

「げッ」

まったく知らなかった事実に、海里は目を剝《む》く。一憲は、重々しくこう告げた。

「本当かどうかは知らんが、薄毛は隔世遺伝しやすいと聞いたことがある。お前は既に染色やパーマをさんざん繰り返したんだから、この先の人生では、髪を労《いたわ》れ。隔世遺伝の呪いがかかっているとしても、それを極力先送りにしたほうがいいだろう。……その、俺と違って、せっかく見目良く生まれたんだからな!」

「………」

「何か不満か!」

「いや……なんか、兄ちゃんさあ」

「何だ!」

「面白ぇな」

海里はニコリともせず、しみじみとそう言った。一憲の顔が、再び険しくなる。

「な……っ」

「いや、マジで。ガチガチに四角四面で分からず屋で怒りん坊で、どうしようもねえオッサンだと思ってたけど……話すチャンスが増えると、十分面白いわ」

「俺は、真面目に喋《しゃべ》ってるんだぞ！」

「それが面白いんだから、サイコーじゃん」

「…………」

「俺なりに褒めてんだよ、わかれよ」

バス停に到着して、海里は両手をピーコートのポケットに突っ込み、明後日《あさって》の方向を向いてしまう。だがその目は、チラチラと兄を観察していた。

「お前の褒め方は、ねじくれすぎていて俺にはわからん！」

そう怒り声で言う癖に、一憲の顔は、早くも盛大に照れて赤くなり、おかしな具合に歪《ゆが》んでいる。眼鏡が鼻の上で若干斜めに傾いでしまっているのにも、気付く気配がない。

厳格な兄の、こういう妙に脆《もろ》い一面が、涼彦を惹《ひ》きつけるのだろうか。

あるいは奈津も、同じところが好きだったりするのだろうか。

同じ人を好きになる二人には、どこか共通項があったりするのだろうか。

そんな素朴な疑問がむくむくと頭をもたげて、海里はだんだん楽しくなってくる。

きっとこれから先、うんと時間をかけて、そうした疑問に対する答えを探る機会があるだろう。

奈津を知り、涼彦を知ることで、自分も兄という人の多面性をもっと知っていけたらいい。そうしたい……と、海里は心から思った。

「そんじゃもっとストレートに褒めるけどさ。……でっかい声で言いづらいから、ちょっと耳貸して」

「……あ？」

実に嫌そうな顰《しか》めっ面で、それでも海里がちょいちょいと指先で招くと、一憲は弟のほうに上体を軽く屈《かが》める。

その耳元に、海里は口を寄せた。

「兄ちゃん、自分が気付いてないとこで、意外ともてでる気配だぞ。俺は知らなかったけど、色々と魅力のカタマリらしい。たとえば～、小っちゃくて可愛いアイドルが大好きだとか～。そんな意外性、知らなかったなー。弟の俺も、ギャップ萌《も》えしちゃったかも」

「な……っ!?　お前、いきなり何をッ」

目を白黒させる一憲にクスリと笑いながら、海里は、決して告げられることのない涼彦の想いも言葉に乗せて、「よっ、モテ男！」と囃《はや》すなり、兄の拳骨《げんこつ》が届かない場所まで、全力で逃走したのだった……。

エピローグ

「まことに楽しゅうございましたね、海里様！」

映画館が入っている建物から出るなり、まるで子供のように弾んだ声と満面の笑みで呼びかけてくるロイドに、海里は、ダッフルコートのポケットに両手を突っ込んで、肩をそびやかしてみせた。

「そんなにかぁ？　や、確かにラストのちょい前あたりからは、無駄に盛り上がった感はあったけどさ。けっこう前半は退屈だったぞ。俺、二回くらいかくっときたもん」

そんな海里の言葉に、ロイドはムキになって言い返す。

「そんな勿体《もったい》ないことを仰《おっしゃ》いますな。わたしは最初から最後まで楽しゅうございましたよ。何せ人生、いえ眼鏡生初の、映画館での映画鑑賞でございますからして！」

「そりゃよかったな。まあ、映画の内容より、眼鏡が３Ｄ眼鏡をかけて映画見てるってのが、俺的には最高にツボだった」

その光景を思い出してクスリと笑うと、海里は周囲を見回した。

彼らが映画館を出てやってきた三宮《さんのみや》センター街は、長いアーケードになっている。通路の両側にびっしり並ぶ店は、どこもかしこも判で押したようにクリスマス一色だ。

アーケードの前方には、カップルの待ち合わせ場所としては最適そうな、立派なクリスマスツリーまで見える。

そう、今日は十二月二十三日、天皇誕生日である。イブ前日の祝日とあって、神戸で一番の繁華街であるセンター街は、クリスマスの買い物客でごった返していた。

「賑《にぎ》やかでございますねえ」

ウキウキと弾むような足取りのロイドを、海里は若干引き気味に見て釘《くぎ》を刺した。

「お前、ちゃんと俺を見て歩いてないと、はぐれるぞ。見た目、完璧《かんぺき》な英国紳士なのに、迷子放送なんかかけられたら困るだろ？」

「そ……それはいささか、恥ずかしゅうございます。さようなことになった場合、おそらく、『芦屋市からお越しの、眼鏡のロイド君。ご主人様の五十嵐海里様がお待ちです』というようなアナウンスがこの商店街全体に流れてしまうのでございましょうね。ああ、それは代々の主《あるじ》に顔向けできぬ事態でございます」

「ぶはッ」

自分で言い出したくせに、ロイドがあまりにも具体的なアナウンス内容まで想像したせいで、海里は盛大に噴き出してしまう。

「だ……だろ？　だから、あんまりよそ見せずに、ちゃんと俺についてこいよ」

「はいっ、必ずやそう致します。……とはいえ、これからはどちらへおいでになるので？」

「んー」

海里は人波に逆らわず、三宮から元町方面に向かってゆっくり歩きながら、少し考えてこう言った。

「ケーキはせっかく近所のアンリ・シャルパンティエで予約したんだし、イブのお楽しみにして、今日は買わない」

「そうでございますねえ。それが節度ある態度というものでございましょう」

ほんの少しだけ残念そうにしながらも、海里と並んで歩きながら、ロイドは同意する。

「けど、クリスマスプレゼントは、みんなに買いたいんだよな。ちょっとした、気持ちだけのもんを」

「クリスマスプレゼント！　みんな、とは？」

「夏神さんだろ、兄ちゃんと奈津さんだろ、お母さん、それから……一応、会えるかどうかわかんないけど、仁木さんと淡海先生にも。いっそお年賀にも流用できそうな奴を、買っとこうかなと」

「さ、さようでございますね」

ちょっとしょんぼりしたロイドの顔を横目に見て、海里はサラリと付け足す。

「あと、せっかく一緒に出掛けてんだから、俺の眼鏡にも、あとで何か買ってやろうと思ってるけど」

「はっ！　それはもしや、わたしのことでしょうか！」

「お前以外に誰がいるんだよ、ばーか。あとで、東急ハンズにでも行こうぜ。あそこなら、何かプレゼントにいいものも見つかるだろうし、お前の気に入るものも、たぶん見つかるんじゃね？」

「その何とかハンズというのは、何のお店です？」

「たいてい何でもある感じ。生活に役立ちそうなものも役立たなそうなものも、面白いものもくだらないものも、全部ごっちゃにして置いてあるような店だよ」

「ははあ、玉石混淆《ぎょくせきこんこう》ですな」

「……俺より難しい言葉を使いこなしてんじゃねえよ」

ちょっと悔しそうに舌打ち寸前の悪態をつき、海里はロイドのツイードジャケットの袖《そで》を軽く引いた。

「おい、こっち。買い物の前に、ちょっと休憩しようぜ」

「おや、どちらへ？」

「いいから」

海里はロイドの上着の袖を摑《つか》んだまま、人の流れを横切り、本通りを南に折れた。

細い路地に面した古びた建物の狭い階段を、躊躇《ちゅうちょ》なく上がっていく。

まるで誰かの住まいのような木の扉を開けると、そこは「オルガン」という名の小さなティールームになっていた。

木製という共通項だけはあるものの、形も色も大きさもおよそ揃っていない、様々なテーブルと椅子が配置された店内は、スダレが吊《つ》られていたり、布が吊られていたり、あるいは様々な照明器具や絵や食器が飾られていたりで、実に雑然としている。

だが、そうしたすべてのものが調和して、落ち着ける空間を生み出しているのが不思議である。

「おやおや、こんな場所に、このように素敵なティールームが」

「前に、奈津さんに教えてもらったんだ。なかなかだろ」

「さすが奈津様でございますね！」

「まずは愛想でもいいから、連れてきてやった俺を褒めろ」

そんなやくたいもないやり取りをしながら、二人は好運にも一つだけ空いていた、壁際の二人掛けの席に着いた。

二人してメニューを眺めながらさんざん迷って紅茶を選び、しかも「これはクリスマスケーキじゃないから」という言い訳であっさり前言撤回してケーキまで注文してから、海里は窓の外に目をやった。

センター街ほどではないが、今日は路地裏にもけっこうな人通りがある。

「こう町中が慌ただしいと、年末って感じがするな」

「師も走る十二月でございますからねえ。あっと言う間に、来年になってしまいます」

「ホントにな」

少しがたつくテーブルに頬杖《ほおづえ》をついて、海里はしみじみ言った。

「今年はいいことも悪いことも、俺史上、最高に立て込んだ年だったな」

ロイドも、ツイードのジャケットの襟をピッと伸ばして言葉を返す。

「わたしにとってもそうでしたね。前の主が亡くなり、海里様に命を救われ、新たな主を得ました。他の方々との出会いもあり、実に楽しゅうございました」

「お前はいつだって楽しそうだもんな。羨《うらや》ましいくらい」

海里は少しだけ皮肉っぽくそう言うと、椅子に座ったまま、軽く伸びをした。

「けど、トータルしてみたら、俺にとってもいい一年だったかな。去年の今頃は、こんな風になるなんて予想もしなかったけど」

「予想外なればこそ、人生は面白うございますよ」

「眼鏡のくせに、人生語ってんじゃねえよ」

そうくさしてニヤッと笑った海里は、「でもなあ」と呟《つぶや》き、軽く目を伏せた。ロイドは、初老の英国紳士という姿には可愛らしすぎる角度で小首を傾げる。

「海里様？　どうなさいました？」

「いや……。俺にとっては、夏神さんやお前や、淡海先生や……色んな人に出会ったことで、ずっと抱えてた色んなしがらみが取っ払えた年だったと思うんだ。兄貴との関係とかさ。だけど、俺の命の恩人の夏神さんにとっては、どうだったかなあって」

ロイドは頭を左に倒したままで答える。

「夏神様も、海里様やわたしが来て賑やかになったと、よく喜んでおいでではありませんか。わたしが申し上げるのも僭越《せんえつ》ではございますが、夏神様にとっても、よい一年だったのでは？」

「んー。そういう意味では、ひとり暮らしの寂しさが紛れてよかったのかもしれないけどさ。なんつの、お前はともかく、俺は、夏神さんに山ほど助けられたわけよ。住《す》み処《か》を貰《もら》って、仕事を貰って、料理人としての技術を貰って、他にも目に見えないものをたくさん。だけど俺のほうは、ろくすっぽお返しできてねえなって」

「お返し……でございますか？　こう申し上げては何ですが、こうした心の問題について、厳密にギブ&テイクを成り立たせますのは、いささか難しいのでは」

海里は指先で軽く凸凹した机の上をとんとんと叩《たた》きながら、言葉を探すように口を開いた。

「それはわかってるし、そこにこだわるのもバカみたいだとは思うけどさ。……俺、夏神さんにもっぺん訊《き》いたんだよ」

「何をです？」

「うちの店が、夜だけ営業してる理由」

ロイドはポンと手を打った。

「ああ！ 以前、伺い損ねた件ですね。わたしもずっと興味がございました。夏神様は、何と？」

「ん……。『夜は、何や色々あるやろ』って言ってた」

「色々、でございますか？」

「うん。眼鏡はどうだか知らねえけど、人間って、夜にひとりぼっちになると、妙に考え事や悩み事がはかどるんだよな。思い悩んだり、不安になったり、寂しくなったり、主にネガティブ方面」

さすがにそのあたりは共有できない感覚なのか、ロイドは「はあ」と間の抜けた相づちを打つ。

「ひとりでいると、どんどん考えて、悩んで、煮詰まって、凄《すご》くつらくなる。……そんなときに『ばんめし屋』に来たら、家族でも友達でもないけど、俺たちがいるだろ」

「ええ、わたしもおりますね」

「店ん中は明るくて、暖かくて、誰かが立てる物音が聞こえて、暗い中、ひとりぼっちで考え事をせずに済む。あつあつの、作りたての飯だって食える」

「それが、夏神様が『ばんめし屋』を夜だけ営業なさる理由ですか？　しかし……こう申し上げては何ですが、終夜営業でしたら、先日、海里様にお連れいただいた、そう、ファミリーレストラン、のような終夜営業の便利なお店がございますのに」

眼鏡の素朴な疑問に、海里も笑って同意する。

「俺もそう言った。夜中は、コンビニやファミレスや、居酒屋チェーンに任せときゃいいんじゃねえのって」

「夏神様は、何と？」

「うん。ちょっと照れた顔して、こう言ってた。『そういう店は、誰に対しても同じもんを出すやろ。俺はお客さんの顔見て、その人のためだけに飯を作る。献立は一緒やけど、味付けやら量やらは、相手の顔見てちょっと変える。そういう飯には、ちょっとは温《あった》かみに違いがあるんちゃうか。俺にとって、お客さんはひとりひとり特別な存在なんやでって、伝えたいんや。そのことが、自分がえらいちっぽけに思えるとき、やけっぱちになったとき、ちょっとでも支えになってくれたらええ、そう思うとる』って」

「ああ、夏神様は本当に懐の深い、温かなお人柄ですなあ」

ロイドは感極まった様子で、両手を胸に当てる。頷《うなず》いて同意しつつも、海里はこう続けた。

「でもさ、そんなふうに考えるってことは、夏神さんにもそういう経験があるってことだと思わねえ?」

「はっ。それは確かに」

「俺に昔の……雪山で遭難したときのことを打ち明けてくれてから、ちょっとだけ前より楽そうになったけど、それでもやっぱり時々は、夜中にうなされてるだろ。まだ何か、抱えてるもんがあるんだよ、あの人には」

そろそろと胸から手を下ろし、ロイドはやや困惑した様子で、主人の憂い顔を見た。

「そうかもしれません。とはいえ、夏神様が胸に秘めておられるものを、さあ我等に打ち明けて楽になれとは申せますまい」

「そりゃそうだ。打ち明けられたからって、楽にしてあげられるとは限らないしな」

「はい」

「俺は夏神さんに比べりゃ、人生経験が少ないもんな。雪山で遭難したこともないし、恋人に先立たれたこともないし、そのせいで荒れた生活って奴もしたことがない。しそうになったところで、夏神さんに助けてもらっちゃったからさ」

独り言のように語る海里の整った顔を、ロイドは無言のまま優しく見守る。

「だけど、同じ経験をしてなきゃ、助けられないってことはないだろ。夏神さんにとって、俺はまだひよっこで、イマイチ信頼できないんだろうけどさ。ちょっとずつでも、俺のことをもっと頼って、重荷を分けてもらえるようになりたいんだ。それが俺の、来年の抱負。で、お前のは？」

後半をいささか早口に言い終えると、海里は照れ隠しのように、ロイドにも「来年の抱負」を要求した。

そんな主の心境は重々承知している眼鏡は、「そうでございますねえ」とのんびりした口調で言い、腕組みして考え込む。

そこへ、注文した紅茶とケーキが運ばれてきた。海里はダージリンに小さなクグロフ、ロイドは、アイスティーにベイクドチーズケーキである。

「ほら、早く言えよ。言うまでは、お預けだぞ」

ステンレスの愛想のないポットの蓋《ふた》を開けて中を覗《のぞ》きながら、海里はそんな意地悪を言う。

「おやおや。それは急がなくては、せっかくの海里様のお紅茶が渋くなってしまいまロイドはコホンと上品な咳払《せきばら》いをすると、背筋を伸ばしてやけに厳かな声を出した。

「では、わたしの来年の抱負は……」

「抱負は？　勿体《もったい》付けてないで、さっくり言えよ」

促され、ロイドは苦笑いでもう一つ、今度は大きめに咳払いをする。

「我が主はせっかちでいけませんね。わたしの来年の抱負は、『よく生きる』ことですよ、海里様」

さらりと告げて、ロイドはニッコリした。そして、ティーポットを手にすると、実に英国紳士らしいエレガントな動作で、海里のカップに紅茶を注ぐ。

海里は、形のいい薄い唇をへの字に曲げた。

「あ？　何だよ、その意識高い系みたいなスローガンは。『よく生きる』？　どういう意味だ？」

「そのままの意味でございますよ。……ああ、いい香りのお茶です。最初の一杯はストレートがよさそうですね。どうぞ」

海里のほうにカップを押しやり、ロイドは主の顔を見た。不満を絵に描いたような、どこか子供っぽい顔に破顔して、﨟長《ろうた》けた眼鏡は言葉を足した。

「よく笑い、よく泣き、よく怒り……はしないほうがいいですね。よく食べ、よく眠り、よく歩き、よく見て、よく話し、よく聞く。我が主と共に、そうした一年を過ごしたいと願っております」

「何だよ、その坊さんが言いそうな、ありがたい感じの抱負。でもまあ、そうだな。人間ならつまんねえ抱負だけど、眼鏡が言うなら、けっこうロックだな。オッケー、それでいこうぜ」

海里はそう言うと、ぼってりした分厚いカップを持ち上げた。

その意図を察して、ロイドもアイスティーのグラスに手を伸ばす。

人間の姿でいるときも、セルロイド眼鏡の性質をある程度反映しているらしきロイドは、熱い飲食物をやや苦手としている。それゆえに、真冬だというのにアイスティーを注文したのだ。

「そんじゃ、来年もよろしく……は、まだ早ぇな。今年もお疲れ……もあと一週間待ちたいとこだし。プレ・メリークリスマスって感じ？」

そんな主の言葉に、ロイドも笑顔で応じる。

「英国では、この時期はずっと、ハッピー・クリスマスでいいそうですよ」

「そっか。じゃあ、メリー……ハッピー・クリスマス？」

「ハッピー・クリスマス、我が主。明日《あした》のクリスマスケーキも楽しみですが、目の前にあるケーキも美味《おい》しそうですね。『よく生きる』に、『美味しいお菓子をよく味わう』も付け足したいところです」

そんな調子のいい言葉と共に、ロイドは自分のグラスを海里のカップにごく軽く合わせる。

「ったく。お前と一緒にいると、俺も自動的に『よく生き』ちまうな。ま、いいや。乾杯。あと、きっかり半分食ったとこで、ケーキ交換しようぜ」

「それは素晴らしいアイデアです！」

優しい味の紅茶で喉《のど》を潤した主従は、スイーツ用にしては大きなフォークを取り、それぞれのケーキを幸せそうに頬張ったのだった……。

ども、五十嵐です！　最近、まかないは俺が作ることが多くなってさ！　このままジワジワと勢力拡大する予定って言ったら、「野心家過ぎるやろ」って夏神さんに笑われちゃった。本気なんだけどな。まあいいや、とにかく、今回はこの二品！　簡単&アレンジ自在だから、気軽に何度も作ってみてくれよな！

適当に作ろう! まかないボロネーゼ風パスタ

★材料（2人前）

スパゲティ（乾麺）　200g

赤身多めがオススメ!

牛挽き肉　300gくらい

タマネギ　1/2個　粗みじん切り

人参　1/3〜1/2本　みじん切り

他にもセロリ、茄子、茸なんかを粗みじんにして少し足しても旨い!　野菜庫の掃除にいいね

トマト水煮　1缶

塩、胡椒、砂糖、ケチャップ、ウスターソース、バター、粉チーズ　適量

適当に作るパスタだから、調味料もざっくり。作り方を見て、好きにアレンジしてくれよな!

★作り方

❶慣れてきたら、いきなりスパゲティを茹で始めてもいいけど、最初はソースを先に作っておいて、味を落ちつかせながらパスタを茹でるってのがオススメ!
大きめのフライパンを火にかけて、挽き肉をパックに詰めてあった形のまま投入しよう。油は挽き肉から出るから、ここでは特に必要ないよ。大事なのは、ほぐさないこと!　塩、胡椒を振って、中火でしっかり焼き付けて。ちょい焦げる?くらいがちょうどいい。

❷挽き肉の片面に強めの焼き色がついたら、フライ返しで引っ繰り返して。まだほぐさない!　フライパンの空いたスペースで、野菜類を炒め始めよう。必要なら、野菜にはほんの少し油を垂らしていいよ。

❸野菜がしんなりして、挽き肉の両面に美味しそうな焼き色がついたら、木べらでざっくり挽き肉をほぐし、火を通しながら野菜と混ぜる。あくまでもざっくり!　そこに、トマト水煮缶を投入。木べらで、トマトを潰しながら肉と野菜に馴染ませて。ついでに、フライパンにくっついた肉の美味しい焦げもこそげよう。水分が足りなければ、トマト缶をゆすいだ水を適当に投入。あくまでも、気楽に自由に!

❹まず、砂糖大さじ1とウスターソース大さじ1を入れて、味を見る。たぶん全然足りないから、あとは、塩、胡椒、ケチャップで、自分好みの味に仕立てる。夏神さんは、少し醬油を入れるって。やるな!　ただし、この時点では味は控えめにつけて。弱火と中火の間くらいで、焦がさないように煮詰めよう。

❺全体的にどろっとしてきたら、もう一度味を調整して、いったん作業は中断。フライパンだと、ここまではけっこう早いよ。あとはスパゲティを茹でるとき、ソースをもういっぺん弱火にかけて温めて。パスタが茹で上がったら湯を切ってる間に、バター10gくらいと、「えっ、そんなに?」ってくらいたっぷりの粉チーズを、ソースに投入。一気にこっくりしたところにスパゲティを投入して、よーく混ぜて、お皿に盛り分けて!　パセリとか、固ゆで卵のスライスなんかを添えても旨いよ。このパスタは、お箸でも食べられるのがいいところ。ソースの濃度や味付けは、マジで試行錯誤しながら、好きにやっちゃって!

意外と簡単! 芋ようかん

★材料(作りやすい量)

サツマイモ	2本くらい	今回はだいたい、500g前後を想定してるよ!
粉寒天	5g	少量だから、粉が扱いやすいと思う。4gでも6gでも、そう変わらない
水	300cc	芋の重さや水分量によって調整してくれよな
砂糖	80〜100g	ここは芋の甘さとお好み次第で。少なめから、足していくようにするといいよ
塩	ひとつまみ	

★作り方

❶サツマイモは厚めに皮を剝いて1cmくらいにスライスしたら、すぐに水につけて軽くあくを抜こう。芋が柔らかくなるまで加熱するんだけど、方法は、濡らしてラップをかけて電子レンジにかける、茹でる、蒸す、お好みの方法で! レンジは加熱むらが出来やすいから、途中で様子をみながら何度か位置を変えて。簡単なのは、茹でる、かな。

❷芋が柔らかくなったら、とにかく潰す! フードプロセッサー、ミキサー、マッシャー、フォークの背、すりこぎ、なんでもアリ! 裏ごししたほうが滑らかで美味しいけど、面倒なら、まずはそのまま作ってみてもいい。素朴な仕上がりになるよ。

❸水に粉寒天を入れて火にかけて、しっかり沸騰させて粉寒天を溶かそう。溶けたら弱火に落とし、すぐに砂糖、ほんのひとつまみの塩、それから潰したサツマイモを入れて、よく練る。均一に混ざらなければ水が足りないので、ほんの少しずつ足して。絶対に焦がさないように、弱火でしっかり練りながら、全体に火を通そう。

❹お好みの容器に流し入れて、あら熱が取れたら、冷蔵庫で冷やし固めよう。

※❸の段階で抹茶を適量混ぜたり、サツマイモの蜜煮角切りやレーズンを入れたりしても、バリエーションがつくよ。

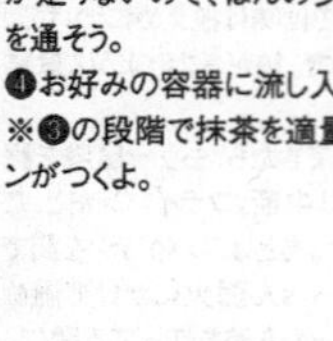

添加物ゼロだから、冷蔵して早めに食べような。
薄めにスライスして、バターで焼いても凄く旨い!
禁断のおやつになっちまうけど。

イラスト/緒川千世

本書は書き下ろしです。
この作品はフィクションです。実在の人物、団体等とは一切関係ありません。

最《さい》後《ご》の晩《ばん》ごはん

刑事《けいじ》さんとハンバーグ

椹《ふし》野《の》道《みち》流《る》

平成27年 8月25日 初版発行
令和6年 11月15日 5版発行

発行者●山下直久

発行●株式会社KADOKAWA
〒102-8177 東京都千代田区富士見2-13-3
電話 0570-002-301(ナビダイヤル)

角川文庫 19316

印刷所●株式会社KADOKAWA
製本所●株式会社KADOKAWA

表紙画●和田三造

●お問い合わせ
https://www.kadokawa.co.jp/ (「お問い合わせ」へお進みください)
※内容によっては、お答えできない場合があります。
※サポートは日本国内のみとさせていただきます。
※Japanese text only

ISBN978-4-04-103372-2 C0193

◆◆◆